Danka Todorova

Die Sterne über London

Roman

AF188015

Impressum
© Danka Todorova 2019
Alle Rechte vorbehalten

Kein Teil dieses Werkes darf ohne schriftliche
Genehmigung der Autorin reproduziert
oder vervielfältigt werden.

Korrektorat, Covergestaltung & Layout:
Lektorat Buchstabenpuzzle B. Karwatt
www.buchstabenpuzzle.de
Coverbild:

Kontakt: www.autorinschreibt.blogspot.de

Bibliografische Information der
Deutschen Nationalbibliothek:
Die Deutsche Nationalbibliothek verzeichnet diese
Publikation in der Deutschen Nationalbibliografie;
detaillierte bibliografische Daten sind im Internet über
http://dnb.dnb.de abrufbar.

Herstellung und Verlag: BoD – Books on Demand, Norderstedt

ISBN: 978-3-7504-9674-3

Danka Todorova

Die Sterne über London

Roman

Kapitel 1

Ich hole tief Luft, bevor ich die Bühne betrete. Das Publikum empfängt mich mit Applaus und verschwindet dann im Halbdunkel. Eine Kupferlampe beleuchtet meine Notizen. Das erste Bild von den Ergebnissen des Projektes, das ich am heutigen Abend vorstelle, wird in meinem Rücken auf eine riesige Leinwand projiziert. Die Ergebnisse in zeitlich umgekehrter Reihenfolge zu präsentieren, macht das Publikum neugierig. Ich konzentriere mich auf Anfang und hole tief Luft.

»Das Leben im holografischen Universum sind wir. Was genau ist Holografie?«, beginne ich direkt.

»Man verbindet es schnell mit Science-Fiction-Serien, in denen Figuren und Gegenstände mit einem Laser dreidimensional in Raum projiziert werden. Die Hologramme bringt man oft mit Kunstfotografie in Verbindung. Hinter dem Begriff *Holografie* steckt jedoch viel mehr als scheinbar zunächst nur der Aspekt der künstlerischen, räumlichen Fotografie und der dreidimensionalen Darstellung.« Ich stelle einen Vergleich zwischen Fotografie und Holografie dar und fahre mit einem Einblick in die digitale Holografie fort.

Danach erkläre ich, dass mit einer speziellen Software die computergenerierten Programme berechnen, auf Folie drucken und anschließend wieder rekonstruiert werden können. Die Bilder folgen eines nach dem anderen. Ich nehme noch mal tief Luft und präsentiere weiter. Ich bin in meinem Element.

»Dreidimensionale Realität hat alle Künstler seit Velasquez interessiert. Heute ist dank Gabors Genie eine künstlerische Renaissance möglich. Uns öffnet sich die Tür zu einem neuen künstlerischen Arbeitsfeld, so meinte Salvador Dali der Holographie«, erläutere ich und fahre fort.

Der Wissenschaftstheoretiker Max Bense definierte 1965 die synthetischen Produkte der Computer-gestaltung als künstliche Kunst. Im Unterschied zur natürlichen Kunst benötigt diese ein Vermittlungs-schema zwischen Schöpfer und Werk, natürlich das Programm und die Programmiersprache. Über die künstlerische Bildholographie sagt man, dass sie der Kubismus unserer Zeit sei, die eine Art Bilder zum Greifen nahe darstellt. Die Verunsicherung, aber auch die Ablehnung bei Betrachtung dieser leuchtenden Juwelen ist hierzulande groß, werden doch unsere herkömmlichen Seh- und Betrachtungsweisen sowie tradierte Kunstnormen in Frage gestellt. Verständlich, wenn ein Gegenstand oder ein Lebewesen im Raum plastisch und greifbar ist. Realisiert und reproduziert mit Licht, lässt sich zunächst das Hologramm als ein aus Licht bestehender Körper zeigen. Legt man zudem noch die Dualitätstheorie des Lichtes die Welle-Teilchen-Theorie zugrunde, so kann man sogar von einer gewissen materiellen Beschaffenheit des Hologramms sprechen. Dies findet man in den letzten drei Bildern von Ivan Popov.

Das letzte Bild erlischt auf der Leinwand. Ich danke dem Publikum, das meinen Vortrag mit entsprechendem Beifall bedenkt. Der Applaus scheint mir fast peinlich, wie eine Last zu sein. Ich verbeuge mich und spüre, wie ich rot werde, nehme meine Tasche an mich und verstaue schnell das Notizbuch. Als ich mich mit einer ungeschickten Handbewegung von meiner Zuhörerschaft verabschieden möchte, erhebt sich ein Mann und ruft meinen Namen. Ich wende mich erneut dem Publikum zu. Der junge Mann stellt sich mit lauter, klarer Stimme vor.

»Heiko Weder, vom Magazin Computer und News. Herr Wagner, finden Sie nicht, dass es seltsam ist, dass kein einziges Hologramm in einem großen Museum ausgestellt ist? Finden Sie nicht, dass die Konservatoren diese Möglichkeit vernachlässigt haben?« Die gleiche Frage stellte ich mir am Anfang, als ich anfing, mich mit Holografie zu befassen. Und viele andere Fragen. Ich trete ruhig ans Mikrofon, um die Frage zu beantworten.

»Ich habe einen großen Teil meines Berufslebens darauf verwendet, den Hologrammen und der Holografie zu Bekanntheit und Anerkennung zu verhelfen. Gabor ist ein großer Erfinder, der, wie viele andere Zeitgenossen, auf die Entdeckung nicht geachtet hatte. Für mich zeichnet sich seine Entdeckung vielmehr durch Einfachheit und Ernsthaftigkeit aus. Das hat ihm eben den Nobelpreis eingebracht. Alle werden erfahren, wenn ein magisches Bild auftaucht.«

Mein Blick wird plötzlich von einer anderen Zeit und einem anderen Ort angezogen. Das Lampenfieber fällt von mir wie eine Last ab und die Worte sprudeln hervor: »Denken Sie an die Bilder, an das Licht, an den Dualismus des Menschen. Nie wieder ein falscher Winkel, nie wieder ein falscher Blick.«

Das Publikum bleibt zuerst eine Weile stumm. Dann höre ich eine Frauenstimme.

»Dinla Horen vom Nationalmuseum Damaskus. Die Legende will, dass niemand je die Abbildung von der Mondgöttin aus dem Mittelalter gesehen hat, dass diese bis heute unauffindbar ist. Was halten Sie davon?«

»Es ist keine Legende, Madame. In seiner Korrespondenz mit Professor Ruth schreibt Ivan Popov, trotz der Krankheit, die ihn von Tag zu Tag mehr schwächte, habe er in dieser Zeit das entdeckt, was er als das Schönste in seinem Leben erachte. Als Roth, der sich nach seinem Gesundheitszustand erkundigt, wissen möchte, wie weit er mit seinem Projekt sei, antwortete Popov: *Dieses Bild zu finden und zu entschlüsseln, ist mein einziges Heilmittel gegen die schrecklichen Schmerzen, die mein Inneres zerreißen.* Kurz danach ist Ivan Popov gestorben. Dieses Werk, das die einzige holografische Abbildung darstellt, ist 1982 anlässlich einer aufwändigen Versteigerung in London auf mysteriöse Weise verschwunden.«

»Stimmt das Gerücht, Popov habe das Bild nicht entschlüsselt?«, fragt sie weiter.

Ich nehme die Blicke des Publikums wahr. Die Luft ist voll mit Erwartung. Ich richte mein Rücken, hebe den Kopf und die Kraft kommt, wie ich es immer mache, wenn ich mich im Zentrum des Geschehens befinde.

»Wie bereits erwähnt, hat sich das fragliche Bild in Luft aufgelöst, noch bevor es der Öffentlichkeit präsentiert wurde. Und bis heute wird es, außer in der Korrespondenz zwischen Roth und Popov, nirgendwo anders erwähnt. Seitdem ich mich mit Holografie und Kunst beschäftige, suche ich nach einer Spur. Nur die Briefe, die Popov an seinen bulgarischen Kollegen Marinov schrieb und einige wenige Artikel in der Presse legen nahe, dass es tatsächlich existierte. Jeder andere Kommentar zu der Frage, was das Bild darstellt, wäre also reine Spekulation. Ich danke Ihnen für Ihre Aufmerksamkeit.«

Der kräftige Applaus begleitet mich, als ich auf den Hinterausgang der Bühne zugehe. Dort erwartet mich David, mein Freund und Kollege, der mit mir nach Hamburg geflogen ist. Sein Lachen und Klopfen auf die Schulter tut gut.

Am späten Nachmittag verlassen die Teilnehmer die Säle des Congress Centrums Hamburgs, eines der modernsten und größten Kongresszentren Europas. Die Menschenflut verteilt sich auf die verschiedenen Bars und Restaurants des Komplexes. Ich sitze auf einem Hocker an der Theke der Hotelbar. Neben mir telefoniert David. Um aktiv zu werden, bestelle ein Bier und atme erleichtert, dass alles vorbei ist. Am hinteren Ende des Raumes in silbernes Licht getaucht, spielt ein Pianist ein Stück von Charly Parker. Ich beobachte den Bassisten, der ihn begleitet. Er hält sein

Instrument fest und ist so vertieft, dass ich sofort weiß, er liebt es, seine Musik zu spielen. Obwohl die Musiker gut spielen, bleiben sie ungeachtet. Spontan erhebe ich mich, gehe dahin und stecke einen Zehn-Euro-Schein in das Glas auf dem Klavier. Zum Dank nickt der Bassist und lässt eine Seite seines Instruments schnalzen. Als ich wieder auf dem Hocker sitze, ist der Schein aus dem Glas verschwunden. David auch.

Der Platz neben mir sitzt eine unbekannte Frau. Ich begrüße sie höflich und habe das Gefühl, sie möchte ein Gespräch mit mir. Ihr feuerrotes Haar lässt mich sogleich an meine Tante denken. Merkwürdig, denke ich, wie unser Gedächtnis die Menschen in Erinnerung behält.

Die Feuerrote bemerkt am Revers des Jacketts mein Namensschild und liest den Namen und die Berufsbezeichnung.

»Informatik«?, rät sie schnell. Ich bestätige und hebe mein Glas. Die Frau trinkt einen kräftigen Schluck von dem Champagner, den ihr der Barmann nachgeschenkt hat. »Ich habe ihr einen Teil meiner Arbeit gewidmet«, spricht sie nachdenklich.

Sie weiß, wie sie Menschen neugierig macht, denke ich und lese ihr Namensschild. Es ist das Thema des Symposiums, an dem sie teilnahm – es ging um Biologiewissenschaften. Kein Name und kein Beruf. *Merkwürdig*, denke ich. Kann man so was hier akzeptieren?

Die Feuerrote im mittleren Alter dreht sich zu mir und reicht mir ihre Hand.

Ein großer weißer Stein auf ihrem Ring fällt mir auf. Sie bemerkt meinen Blick und sagt: »Es ist ein uralter Schliff, ein Familienstück und ich hänge ganz besonders daran. Ich bin Professorin und leite ein Forschungslabor an der Maximilians-Universität in München.«

Als sie das sagt, suche ich ihren Blick, der in ihrem Glas versinkt.

»Eine neue Krankheit oder Virus?«, vermute ich.

»Nein, Déjà-vu!«, sagt sie und ihr dunkles Auge zwinkert. Dieser Eindruck, etwas schon mal erlebt zu haben, war mir nicht fremd. Ich bin ganz Ohr, was sie redet und gleichzeitig spüre ich ein seltsames Gefühl in meinen Magen.

»Unser Gehirn nimmt das bevorstehende Ereignis vorweg«, melde ich mich.

»Genau das Gegenteil. Es ist ein Fest des Gedächtnisses.«

»Aber wie können wir uns daran erinnern, wenn wir etwas noch nicht erlebt haben?«, erwidere ich. Die Feuerrote erzählt von Erinnerungen an frühere Leben und schaut, wie ich eine spöttische Miene aufsetze. Sie lehnt sich ein wenig zurück und bohrt mit ihren Augen in meinem Inneren. Das macht mich unsicher.

»Rauchen Sie?«, wechselt sie plötzlich das Thema.

»Gelegentlich.«

»Der Geruch scheint Sie nicht zu stören, dachte ich mir« sagt sie und zieht eine Schachtel Zigaretten aus der Handtasche. Sie ist altmodisch und traditionell, wenn sie keine E-Zigarette raucht, denke ich, bis sie das Feuerzeug findet.

»Lehren Sie?«, erkundige ich mich.

11

»Gelegentlich. Und Sie untersuchen frühere Jahrhunderte, obwohl Sie nicht an das frühere Leben glauben?«, sagt sie.

Ich fühle mich getroffen. Einen Augenblick denke ich nach. Sie führt das Gespräch, also möchte sie mich herausfordern. Wozu braucht sie das?

»Ich pflege eine Beziehung zu einem Maler. Aus früherer Zeit.« Obwohl sie mich hört, heftet sich ihr Blick auf die Flaschen in den Regalen der Bar.

»Wie kommen Sie dazu, sich für frühere Leben zu interessieren?«, bohre ich weiter.

»Die innere Uhr. Was dort zu sehen ist, ist nicht zufriedenstellend. Was genau machen Sie auf dem Gebiet?«, weicht sie der Antwort aus. Ihre gelblichen Finger halten die Zigarette fest, die gefährlich über der Theke hängt. Ihr ganzes Wesen ist angespannt und ich habe das Gefühl, sie verbirgt etwas und führt dieses Gespräch nur, um mich herauszufordern.

»Ich beschäftige mich mit der Geschichte der Holografie.«

»Also müssen Sie in Ihrem Beruf viel reisen«, stellt sie fest.

»Stimmt.«

Die Feuerrote klopft auf das Glas ihrer goldenen Armbanduhr mit dem Zeigefinger.

»Die Zeit reist immer mit. Sie ist mit Energiepartikeln aufgeladen. Jedes Atom durchquert die Dimension der Zeit auf unterschiedliche Weise. Eines Tages werde ich beweisen, dass Energie ein Teil der Zeit im Universum ist und nicht umgekehrt.« Sie wirkt sehr engagiert. Ich mag Menschen, die wissen, was sie erreichen möchten, und höre gern zu. Trotzdem stört mich etwas an ihr.

»Die Menschen glaubten früher, die Erde sei eine Scheibe und die Sonne kreise um uns.«

»Das ist ein bekanntes Weltbild«, ergänze ich.

»Die Meisten glauben daran, was sie sehen. Es wird eine Zeit kommen und Menschen werden begreifen, dass alles in Bewegung ist. Die Zeit, die Erde und das Universum verändern sich.«

Sie merkt, ich folge ihrem Gedankenzug und redet weiter.

»Wenn wir, Menschen, bereit sind, die entwickelten Theorien in Frage zu stellen, werden wir viel mehr über die Dauer eines Lebens im Universum wissen.«

»Ist es das, was Sie lehren?«, frage ich.

»Stellen Sie sich vor, Herr Wagner, was passieren würde, wenn ich heute das Ergebnis meiner Arbeit vorlegen würde? Wir haben Angst. Viel zu viel. Alles, was wir nicht wissen oder nicht wissen wollen, ignorieren wir oder nennen es paranormal und esoterisch. Wie schlaue Füchse, die von der Forschung fasziniert sind, aber Angst haben, Neues zu entdecken. Wie die Hasen«, lacht sie spöttisch.

»Mein Beruf hat auch wissenschaftliche Seiten«, verteidige ich mich unbewusst. »Die Zeit verändert ein Hologramm und macht viele Dinge fürs Auge unsichtbar. Sie haben keine Vorstellung von den Wundern, die wir entdecken, wenn wir ein Hologrammbild untersuchen«, versuche ich, mich weiter zu behaupten.

13

Die Feuerrote legt die Hand auf meinen Arm und sieht mich ernst an. Ihre dunklen Augen leuchten zum ersten Mal.

»Herr Wagner, ich möchte Sie mit meinen Worten nicht ermüden. Was das Thema betrifft, bin ich unerschöpflich.«

Ich gebe dem Barmann ein Zeichen, ihr nachzuschenken. Ihre Augen folgen dem Strom der Flüssigkeit. Sie lässt das Glas kreisen, lehrt es dann in einem Zug und fährt fort.

»Wir warten noch auf unsere neuen Magellans und Keplers. Alle werden sie auslachen, doch sie werden es sein, die uns die Geheimnisse des Universums offenbaren und unsere Seelen sichtbar machen.«

»Das sind originelle Ideen für eine Wissenschaftlerin. Denn Wissenschaft und Spiritualität vertragen sich für gewöhnlich nicht gut. Bis jetzt.« Meine Gedanken kreisen wie ein Wirbelsturm. Die Frau führt weiter ihre Ideen aus.

»Der Glaube ist eine Sache der Religion, die Spiritualität entspricht unserer Persönlichkeit, ganz gleich, was wir sind oder glauben zu sein.«

»Sie denken also, dass nach dem Tod unsere Seelen leben?«, stelle ich die Frage, die mich seit langem beschäftigt.

»Was für unsere Augen unsichtbar ist, hört deshalb nicht auf zu existieren, Herr Wagner.«

Sie spricht von Energiequellen, Zellen-frequenzen der Seelen und ich muss an die Hologramme denken, die mich beschäftigen. Seitdem mein Vater mich an einem regnerischen Sonntag mit ins Museum genommen hat. Im großen Saal hing ein Bild von Ivan Popov.

Das Gefühl, das mich damals überwältigte, öffnete die Tore meiner Kindheit und den Verlauf meines Lebens.

Die dunklen Augen unter dem feuerroten Haar der Frau sind jetzt fast schwarz. Ich spüre, dass sie mich einschätzt. Dann blickt sie wieder ihr Glas an.

»Das Licht ist transparent, wenn sie die Welt nicht reflektieren kann«, sagt sie leise. »Deshalb existiert es jedoch nicht weniger. Wenn das Leben unseren Körper verlässt, sehen wir das Licht nicht mehr.«

Ein Lächeln verschwindet schnell aus ihrem Gesicht und sie schweigt.

»Alles stirbt irgendwann einmal«, sage ich verlegen.

»Jeder von uns gestaltet sein Leben nach seinem eigenen Rhythmus. Wir altern nicht aufgrund der Zeit, sondern je nach der Energie, die wir verbrauchen und die wir zum Teil wieder erneuern.«

»Sie sind also der Meinung, wir werden von einer Energiequelle bewegt, die wir aufbrauchen und neu aufladen.«

»Ja, das tue ich.«

Ich mache dem Kellner ein Zeichen, ihr noch mal nachzuschenken, aber sie lehnt das Angebot mit einem Kopfschütteln ab. Der Barmann stellt die Flasche zurück ins Kühlregal.

»Sie glauben also, eine Seele lebt mehrere Male?«, frage ich direkt und rücke den Hocker näher zu ihr heran.

15

»Als ich ein Kind war, erzählte mir meine Großmutter, die Sterne seien die Seelen der Menschen, die in den Himmel kommen«, erzähle ich.

»Die Zeit bringt zu uns das Licht eines Sterns. Um zu wissen, was die Zeit ist, muss man eine Reise in die Dimensionen antreten. Menschliche Körper sind durch die physischen Kräfte eingeschränkt. Die Seelen dagegen sind frei.«

»Großartig. Ich kenne die Seele eines Malers ...«, sage ich euphorisch und bin bereit, über Popov zu erzählen.

»Seien Sie nicht so euphorisch. Wir Menschen werden alt, und die Seelen verändern sich, je mehr sie memorieren.«

»Was memorieren sie denn?«, frage ich.

»Das Licht, das sie bei der Reise durch das Universum absorbieren, ist die Quelle. Die Seelen sind Wellen, die sich aus Milliarden von Partikeln zusammensetzen, so wie alles, was zu unserem Universum gehört. Die Seele braucht Energie. Deshalb schlüpft sie in einen irdischen Körper hinein, regeneriert darin und setzt ihren Weg in der Zeit fort. Wenn der Körper nicht mehr über genügend Energie verfügt, verlässt sie ihn und sucht nach einer neuen Lebensquelle, die sie aufnimmt, damit sie weiter lebt.«

»Und wie lange dauert es?«

»Einen Moment, Tage, Monate, Jahre, ein Jahrhundert. Das hängt von der Energie ab, die sie hat.«

»Und wenn sie keine Energie mehr hat?«

»Dann erlöscht sie!«

»Von welcher Energie sprechen Sie? Ich weiß, dass die Energie da ist, so sagen die Physiker«, fahre ich fort. Sie schaut in meine Augen und wartet einen Augenblick.

»Es gibt nur eine Quelle im Leben: Liebe!«

Ich zucke zusammen. David ist da und legt die Hand auf meine Schulter und entschuldigt sich, dass er mich unterbricht.

Unsere Reservierung wird nicht aufrecht-erhalten. Einen anderen Tisch zu finden dürfte unmöglich sein. Alle hätten hier Bärenhunger.

Ich verspreche ihm, in wenigen Minuten ins Restaurant zu kommen, er grüßt die Frau und verlässt zügig die Bar.

Die Frau mit den feuerroten Haaren erhebt sich, ergreift mein Handgelenk und drückt es fest, fährt mit ernst klingender Stimme fort: »Herr Wagner, irgendwas in Ihnen errät in diesem Augenblick, dass ich keine Frau bin, die den Verstand verloren hat. Geben Sie nicht auf. Sie ist zurückgekommen, sie ist da. Sie wartet auf Sie – irgendwo auf dieser Erde. Ihnen bleibt eine bestimmte Zeit. Wenn Sie einander erkennen, so laufen Sie nicht einander vorbei.«

David kommt zurück, packt mich am Arm und zwingt mich umzudrehen.

»Sie wollen, dass wir komplett sind. Kommen wir später, setzt er uns wieder ans Ende der Liste. Beeile dich«, beendet David seine ungeduldige Rede.

Ich sehe mich um. Die Frau ist verschwunden. Wie vom Boden verschluckt. Mein Herz schlägt wild. Ich laufe auf den Flur, auf der Suche nach ihr. Doch die

Menge verwischt jede Spur von ihr. Was für eine Frau ist sie? Eine Hellseherin? Was wollte sie damit sagen, sie warte auf mich? Die Liebe, die Frau? Oder beides?

Kapitel 2

Das Essen steht unberührt vor mir. In mir rollt ein Tornado von Gedanken und Gefühlen. Die Bank, auf der ich sitze, fühlt sich wie aus Stein an.

»Möchtest du eine italienische Krawatte?«, meint David, der mir gegenüber sitzt und mit großem Appetit sein Steak verschlingt.

»Was sagst du?«, frage ich verlegen.

»Deine Finger sind an der Stelle, wo die Krawatte ist.«

»Na, und?«

»Du hast gar keine!«, stellt David fest und lacht.

Erst jetzt bemerke ich, dass meine rechte Hand wie vom Stromschlag getroffen, vibriert. Ich verstecke sie unter dem Tisch. David mustert mich weiter und wartet, er kennt mich.

»Glaubst du an das Schicksal!?«, frage ich direkt.

»Bist du von allen guten Geister verlassen, Michael?«

»Ich meine es ernst!«

»Ernst?«, sagt David und badet sein Stück Fleisch in der Soße.

»Der letzte Flug nach Frankfurt geht in zwei Stunden. Wenn du aufwachst, kannst du sie noch erwischen.«

David schaut auf mein unberührtes Stück Fleisch und fährt fort: »Du siehst komisch aus.«

Ich greife nach einem kleinen Stück warmes Brot und rolle dieses mit den Fingern zusammen. Mein Herz klopft noch immer.

»Ich kümmere mich um die Rechnungen hier und im Hotel. Beil dich!« Davids Worte kommen von weit her.

»Ich fühle mich nicht gut«, höre ich meine zitternde Stimme.

»Mit deiner Clara gehst du mir allmählich auf die Nerven.«

»Fliegst du nicht mit zurück?«, möchte ich wissen.

Er trinkt ein Schluck Bier und überlegt.

»Ich wollte mit dir über den Artikel und über die Probleme, die ich im Büro habe, sprechen. Nun sitze ich vor deinem Steak. Du bist mein Freund, ich kann dich jetzt nicht im Stich lassen.«

Ich zögere kurz, erhebe mich, ziehe ein Geldschein aus dem Portemonnaie und lege diesen auf den Tisch.

»Du bist mir nicht böse?«, sage ich.

»Hör mal auf! Du gibst ein Bier aus«, meldet sich David und greift nach meinem Teller, tauscht mit seinem und redet weiter.

»Geh schon und sag ihr schöne Grüße von mir. Ich melde mich morgen. Und ich brauche wirklich deine Hilfe. Es geht drunter und drüber im Büro.« Ich lege die Hand auf Davids Schulter und drücke sie.

»Bist du sicher?«

»Keine Sorge, ich bin nur etwas müde«, sage ich, obwohl ich nicht genau weiß, was gerade passiert, und gehe zügig aus dem Restaurant. Die tausend Lichter der Nacht blenden mich. Ich mache ein Zeichen und ein Taxi hielt an. Sobald der Wagen angefahren ist, öffne ich das Fenster, um etwas frische Luft zu bekommen. Ich sehe im Rückspiegel, wie mich der Fahrer mustert. Ich bin ihm dankbar, dass er mich in Ruhe lässt, lehne mich zurück und schließe die Augen.

Unter meinen Lidern ziehen die Straßenlaternen eine gestrichelte Linie und rufen Erinnerungen an der Kindheit wach. Die Luft ist abgekühlt und ich öffne die Augen. Die Landschaft der Vororte gleitet an dem Auto vorbei. Ich fühle mich völlig lustlos und leer.

In der Ferne sehe ich die orangefarbenen Lichter des Flughafens. Das Taxi hält auf dem für die Lufthansa reservierten Parkplatz, ich zahle und steige aus dem gelben Auto. Der Wagen entfernt sich und ich laufe zum Check–in–Schalter. Die Stewardess lässt mich wissen, dass die Business–Klasse fast leer ist und ich entschiede mich für einen Fensterplatz. Danach passiere ich schnell die Sicherheitskontrolle und laufe durch den Gang, der zu dem Gate führt. Die Nase der Maschine scheint die Glasfront zu berühren. Wenige Minuten später kündigt die Stewardess an, dass die Maschine zum Einsteigen bereit sei.

Das Flugzeug taucht aus der dichten Wolkendecke auf und ein silbriges Licht erleuchtet die Nacht. Ich stelle die Lehne des Sitzes nach hinten und versuche zu schlafen. Die Wolkenkämme, die unter den Tragflächen dahin gleiten, verschwinden.

Es ist still in unserem gemeinsamen Haus. Ich schau zuerst im Schlafzimmer nach. Das Bett ist unberührt, Clara muss also oben sein. Ich gehe ins Badezimmer, um eine Dusche zu nehmen. Das lauwarme Wasser umhüllt meinen Körper und ich genieße das Gefühl der Entspannung. Minuten später schlüpfe ich in den Bademantel und steige hinauf ins Dachgeschoss. Dann öffne ich die Tür zum Atelier. Es ist dunkel. Im Licht, das durch das Glasdach drängt, erkenne ich ihre Silhouette. Sie liegt ausgestreckt auf der Coach. Ich nähere mich ihr auf Zehenspitzen und bleibe stehen. Clara sieht so friedlich im Schlaf aus. Als ich mich vor ihr hinknie und ihre Wangen streichele, zuckt sie im Schlaf zurück. Ich ziehe die grüne Decke, die ihre Beine bedeckt, bis zu ihren Schultern hoch und gehe nach unten. Das Bett ist zu groß und ich rolle mich unter der Decke zusammen. Während ich noch dem Regen lausche, der gegen die Fensterscheiben prasselt, verschwindet die Welt im Dunkeln.

Der Winter liegt in Frankfurt dieses Jahr ohne eine weiße Decke. Zwischen zwei Reisen sehe ich Clara zu Hause. Sie organisiert die Hochzeit bis ins kleinste Detail – die Wahl des Papiers für die Einladungen, die Blumendekoration in der Kirche, die Wahl der Häppchen für den Cocktail vor dem großen Abend, die Tischordnung, die geschickt die komplexe Rangordnung der Frankfurter Gesellschaft wider-zuspiegeln hat, die Band und die Wahl der Stücke, die sie im Laufe des Abends spielen würde.

Durch meine Unterstützung zeige ich ihr meine Liebe. So habe ich es mir gedacht.

Ich wünsche mir von ganzem Herzen, dass dies die schönste Hochzeit werden würde, die die Stadt seit langem erlebt hat. Unsere Samstage widmen wir den Besuchen von Hochzeitspezialisten, die Sonntage den Katalogen, die wir am Vortag mitgenommen haben. Je mehr die Wochen vergehen, desto mehr lässt meine Begeisterung nach. Mir scheint es so, dass ich aus einem Schlaf aufwache. Das, was ich sehe und erlebe, ist anders. In meinem Inneren breitet sich allmählich die Unzufriedenheit aus.

Der Frühling setzt frühzeitig ein. Das Grün wärmt die Natur und Menschen.

In dem Lokal, in dem wir unser Essen einnehmen, sehe ich, wie Clara ihre Notizen durchblättert und hoffe, dass es das lang ersehnte Ende der Vorbereitungen sein könnte.

In vier Wochen, um diese Uhrzeit, würde unsere Verbindung durch die heiligen Bande der Ehe geweiht sein.

Clara mustert mich.

»Weißt du, Michael«, sagt sie und ich weiß, dass sie gereizt ist, wenn sie meinen Namen so ausspricht, »ich habe niemanden, der mir bei der Vorbereitung dieser Zeremonie helfen kann. Wenn ich dich jetzt ansehe, habe ich das Gefühl, ganz alleine zu heiraten!«

»Und ich, Clara, habe manchmal das Gefühl, du würdest deine Notizen heiraten.«

Mit einem vernichtenden Blick greift sie nach ihrem Block und verlässt schnell die Terrasse, wo wir sitzen.

Die indiskreten Blicke der Nachbarn haben sich wieder anderem zugewandt und ich beende mein Essen in aller Ruhe.

Später gehe ich in die Musikabteilung eines Kaufhauses, um dort zu stöbern. Während ich danach durch die Straßen der Altstadt flaniere, versuche ich erfolglos, David zu erreichen, und hinterlasse eine Nachricht. Der Blumenladen auf dem Weg erinnert mich an Clara. Ich lasse einen Strauß purpurroter Rosen binden und kehre langsam zu Fuß nach Hause zurück.

Die bunte Schürze um ihren schlanken Körper leuchtet wie eine Wolke in der Küche. Auf dem Tisch liegt unberührt der Blumenstrauß, den ich ihr geschenkt habe. Sie missachtet meinen kleinen Versuch, Frieden zu schließen.

Ich beobachte, wie sie schweigend das Abendessen vorbereitet. Ihren unterdrückten Zorn spüre ich an ihren brüsken Bewegungen.

»Clara, es tut mir leid, ich wollte dich nicht verletzen.«

Ihr Schweigen liegt bedrohlich in der Luft. Als sie anfängt zu reden, klingt ihre Stimme skandinavisch kalt.

»Wie stellst du dir vor? Ich, als deine Frau, bin an deinem Erfolg beteiligt und somit an deiner Karriere, falls du das vergessen hast! Wenn alle reichen Notablen hier, wenn sie«, sie macht eine theatralische Pause, »meine Bilder in ihrem Salon aufhängen, sehen sie einen Teil von deinem Erfolg.«

»Komm, vergessen wir diesen Streit«, fordere ich sie auf, »sag mir, wer dein Trauzeuge ist? Der steht bestimmt schon lange fest.« Ich gehe um die Küchentheke herum und möchte sie umarmen. Sie stößt mich zurück. In ihren Augen lese ich Gefühle, die ich bis jetzt nicht kannte.

»Weißt du, warum ich mich schminke, wenn ich rausgehe? Und das Haus immer in einem Topzustand ist? Die Partys, alles das.« Ihre Schultern zucken. »Dies hier ist Deutschland. Falls du das vergessen hast. Hier herrscht Neid. Also, ich will nur das Beste für deine Zukunft und für deine Bilder.«

Der eisige Blick meiner Verlobten holt meine Professionalität wieder zurück.

»Die holografischen Bilder, von denen du sprichst, verkaufe ich nicht, Clara. Ich erstelle Expertisen«, entgegne ich seufzend. »Was die Leute denken, ist mir völlig egal.« Ich schaue ihr in die Augen. »Außerdem finde ich dich schöner, wenn ich morgens neben dir aufwache, und abends, wenn du dich herrichtest. Ich wünsche mir, dass wir miteinander reden, statt gegeneinander, wie es seit einigen Wochen der Fall ist.«

Clara stellt die halbgeöffnete Weinflasche auf den Tisch zurück. Ihr Blick bohrt sich in mich. Meine Hände gleiten ihren Körper hinab bis zu ihren Hüften, dann lösen sie die Schleife ihrer Schürze. Nach leichtem Widerstand gibt sie nach.

Die Frühlingssonne am Morgen drängt durch das Fenster. Ich stehe auf, mache das Frühstück und trage es auf einem Tablett ans Bett. Der Streit ist wie weggeblasenen und wir genießen den langen Sonntagmorgen. Ich lese in Ruhe meine Zeitung und sie geht in ihr Atelier. Am frühen Nachmittag flanieren wir durch die Altstadt.

Das Tageslicht holt David aus dem Schlaf. Der kurze Blick auf dem Wecker zeigt mehr Stunden, als er sich vorgenommen hat. Er gähnt ausgiebig und tastet die Bettdecke nach der TV–Fernbedienung ab. Die ON–Taste lässt den Bildschirm flimmern. Die bewegliche Lichter und Kurven zeigen die holografischen Schachfiguren deutlicher. Ein kleines Kuvert blinkt auf der Suche nach einem Menschen. David klickt auf LESEN und die Nachricht erscheint sofort. Die Mail wurde vor wenigen Stunden von einem Geschäftspartner beim *Charlsis* in London abgeschickt.

Die kleinen Buchstaben erscheinen wie eine Flucht für David, der seit drei Monaten eine Brille tragen sollte. Die komische Gesichtsgymnastik mit einer Reihe von Grimassen, die er macht, dienen dem Zweck, sein Sehvermögen zu verbessern.

Wie alle Männer Mitte vierzig, will er nicht alt aussehen. Während er die Mail seines Londoner Kollegen zum dritten Mal liest, tastet seine Hand nach dem Telefon, wählt eine Nummer und wartet nervös. Dann legt er auf und wählt erneut. Nach dem dritten erfolglosen Versuch schmeißt er wütend das Telefon von sich und holt sein Smartphone heraus. Drückt die gespeicherte Nummer von British Airways und begibt sich ins Ankleidezimmer. Der Koffer liegt im obersten Schrankfach. Er stellt sich auf die Zehenspitzen und greift vorsichtig den Griff. Trotzdem fallen gleich mehrere Reisetaschen herunter. Während er mit den Taschen kämpft und flucht, erreicht er endlich einen Angestellten der British Airways.

Gegen siebzehn Uhr hüllt sich der Himmel in ein finsteres Gewand und entlädt sich in sintflutartigen Schauern über der Stadt. Die bernsteinfarbigen und schwarzen Wolken schwellen an, wie riesige, dicht aneinander gedrängte Schiffe, die mit Wasser gefüllt sind.

Ein paar Tropfen durchbrechen den dichten Schleier und malen in die dunklen Farben schnurgerade silberne Furchen, bevor sie in wildem Durcheinander auf den Asphalt prasseln. Ich schließe das Fenster nachdenklich.

Dieses Wetter lädt dazu ein, den Abend gemütlich vor dem Fernseher zu verbringen. Ich begebe mich in die Küche, öffne den Kühlschrank und nehme die Schälchen mit den italienischen Vorspeisen heraus. Clara denkt, dass die italienischen Fertiggerichte die gesündesten sind. Ein Irrtum. Wenn man auf die Zutaten schaut, wird einem bewusst, wie viele versteckte Kalorien drin sind.

Ich bestreue das Zucchinigratin mit geriebenem Parmesan und schalte den Backofen ein, um es aufzuwärmen. Auf dem Weg zu Claras Atelier höre ich das Klingen des Telefons.

»Sag mal, wo steckst du bloß die ganze Zeit? Dies ist mein zehnter Anruf!«, brüllt David am Telefon.

»Dir auch einen wunderschönen Abend, David!«

»Pack deine Sachen. Wir treffen uns am Flughafen in der Abflughalle der British Airways. Der Flug nach London geht um 21:10 Uhr, ich habe uns zwei Plätze reserviert.« Davids Stimme klingt eindringlich.

»Wenn heute nicht Sonntag wäre und ich nicht in der Küche stehe und für meine Verlobte nicht das Abendessen zubereite, um danach mit ihr Spätburgunder zu genießen, was wäre denn dein Anliegen?«, stoppe ich sein Enthusiasmus.

»Ich liebe es, wenn du so gestelzt daherredest. Man könnte meinen, wir wären schon in England«, erwidert David ironisch und wartet.

»Mein lieber David, es war schön mit dir zu plaudern«, sage ich und um seiner Lieblingsredewendungen zu benutzen: »ich bin gerade im Gespräch mit einem Zucchinigratin … Du entschuldigst mich bitte.«

»Warte, ich habe soeben eine Mail aus London bekommen. Ein Sammler bietet drei Meisterwerke zum Verkauf an. Sie sollen von einem gewissen Ivan Popov sein. Hast du Parmesan oben drauf, und Kräuter? Welche denn?«, lenkt er das Gespräch. Das ist seine Taktik, wichtige Gespräche mit Erfolg zu führen.

»Machst du Scherze?«, unterbreche ich seine Fragekette. Er weiß ganz genau, wie er mich packt.

»Wenn ich zum Arzt gehen muss, mache ich Scherze! Ich stelle dir gelegentlich meinen Londoner Kollegen vor. Eins ist klar, Michael: Entweder wir organisieren den Verkauf dieser Bilder, oder aber die Konkurrenz tut es. Der Ball liegt bei dir.«

Meine Finger klopfen unbewusst auf dem Tisch. Mein Herz klopft wie wild. Der Kopf macht mit.

»Es kann nicht sein, David, dass die Bilder von Popov in London verkauft werden.«

»Sie sollen dort nicht verkauft, sondern ausgestellt werden. Für eine derart wichtige holografische Sammlung organisiere ich die Auktion in Frankfurt.«

»Somit rettest du deine Karriere? Die Zahl ist falsch, David. Es können nicht drei Bilder angeboten werden. Ich weiß, wo die Bilder sind. Nur zwei davon sind noch in nicht bekannten Privatsammlungen.«

»Du bist der Holografie–Experte«, fügt David leicht spöttisch hinzu. »Ich dachte nur, dass dieses Geheimnis ein Zucchinigratin wert ist. Bis gleich.«

Ich höre ein Klicken in der Leitung. Typisch David, er hat aufgelegt, ohne sich zu verabschieden.

Clara legt wenige Sekunden später auf. Oben in ihrem Atelier verpasste sie kein Wort des Gespräches. Der Pinsel in ihrer Hand landet in einem Glas mit Wasser. Sie löst ihr Haar, wickelt sich in ihr blaues Gewand und geht hinunter in die Küche.

Ihre Stimme reißt mich jetzt dort, wo ich stehen geblieben bin, neben dem Telefon, aus den Gedanken.

»Wer war das?«, will sie wissen.

»David.«

»Gehts ihm gut?« Sie öffnet den Backofen und betrachtet die goldbraune Farbe des Gerichts und schnuppert in der Luft.

»Ich erwarte dich im Wohnzimmer. Ich hab nämlich einen Bärenhunger, du nicht?«, kehrt sie zu dieser förmlichen Sprache zurück. Sie merkt, dass ich immer noch da stehe und fügt hinzu.

»Ich könnte sterben für diese leckere italienische Küche«, sagt sie und verschwindet im Wohnzimmer.

Ich ziehe das brutzelnde Gericht aus dem Backofen und stelle es auf ein großes Tablett. Zuerst richte ich verschiedene Käsesorten und Gemüse auf einem anderen Teller an. Mein Teller richte ich mit den gleichen Teilen und stelle ihn in den Kühlschrank zurück. Dann öffne ich eine Flasche Wein und schenke ein mischfarbiges venezianisches Glas ein. Das stelle ich neben die kleine Auflaufform. Das TV läuft und Clara hat es sich auf dem Sofa bequem gemacht. Sie muss nur noch auf den Knopf der Fernbedienung drücken und der Film würde laufen.

»Soll ich dir dein Tablett holen?«, fragt sie mit sanfter Stimme.

Ich setze mich langsam neben sie und nehme ihre Hand in meine, erkläre ihr vorsichtig, dass ich nicht mit ihr essen würde. Noch bevor sie reagiert, entschuldige ich mich liebevoll. Ich erkläre, dass ich verreisen muss und das nicht nur im eigenen Interesse, sondern auch um David zu helfen. Er befindet sich in einer prekären beruflichen Situation. Das Auktionshaus *Charlsis* wird das nicht verstehen, wenn ich ihnen nicht mein volles Interesse widmen würde. Das wäre ein beruflicher Knick, der meiner Karriere, an der ihr selbst so viel liegt, ernsthaft schaden würde. Ich gestehe ihr, dass ich schon sehr gerne diese Bilder mit eigenen Augen sehen, ihre Oberflächenstruktur berühren und ihre Lichtspiele von Farben bewundern möchte. Das alles ohne dass diese durch die Optik eines Fotoapparates oder durch einen Computerprogramm verfälscht wären.

»Wer ist der Verkäufer?«, fragt sie widerwillig.

»Ich weiß es nicht. Sie könnten einem Erben von Popov gehören oder sich in einer privaten Sammlung befinden. Jedenfalls habe ich bislang auf keiner öffentlichen Versteigerung eine Spur von ihnen entdeckt.«

»Wie viele Bilder sind das?«, fragt sie weiter und wartet.

Ich zögere kurz, bevor ich die Zahl ausspreche. Es wäre unmöglich, ihr nicht mitzuteilen, dass dieses dritte Bild existiert. Für sie ist dieses Bild von Popov eine Chimäre. So ein Gefühl habe ich.

Kapitel 3

Zuerst muss ich meinen Koffer packen. In meinem Zimmer finde ich einen kleinen, öffne ihn und wähle ein paar von den sorgsam gefalteten Hemden, einen Pullover, Krawatten und Unterwäsche aus. Dabei höre ich nicht, wie Clara schleichend eintritt.

»Du verlässt mich schon wieder wegen deiner Mätresse, und das vier Wochen vor unserer Hochzeit. Ganz schön frech, muss ich sagen!«, erkenne ich den Zorn in ihrer Stimme.

Sie sieht sehr attraktiv aus, meine zukünftige Frau im Türrahmen, denke ich.

»Meine Mätresse, wie du sagst, Clara, ist mein Beruf. So kurz von unserer Ehe muss dich das doch eher beruhigen, was meinen Geschmack betrifft.«

»Falls ich deinem Geschmack entspreche, weiß ich nicht, wie ich das verstehen soll«, erwidert sie.

»Entschuldige, das wollte ich nicht damit sagen.« Ich nehme sie in die Arme. Sie schubst mich zurück und mustert mich.

»Du machst alles nur noch schlimmer.«

»Ich habe keine andere Wahl, Clara. Verdammt. Mach mir, bitte, die Sache nicht so schwer. Warum kann ich diese Freude nicht mit dir teilen?!«

»Wenn David am Tag unserer Hochzeit angerufen hätte, würdest du dann absagen?« Ihre Stimme wirkt eisig.

»David ist mein bester Freund, Kollege und unser Trauzeuge. Er würde das am Tag unserer Eheschließung niemals tun.«

»Ach ja? Und ich sage dir, er hätte keine Hemmungen gehabt!«, führt sie den Streit weiter.

»Du irrst dich, Clara. Trotz seines Humors hat David sehr viel Taktgefühl!«

»Aber wenn er angerufen hätte, was hättest du dann getan?«, bohrt sie weiter.

»Dann hätte ich wohl auf meine Mätresse verzichten müssen, um die Verbindung mit meiner Freundin amtlich zu machen.«

Die Hoffnung, sie würde aufhören, macht mich traurig. Um den Streit nicht weiter zu provozieren, nehme ich meine Reisetasche, gehe ins Bad und hole mein Waschzeug. Ich höre, wie sie mir folgt und schiebe mich an ihr vorbei, um meinen Mantel von der Garderobe zu nehmen. Als ich mich zu ihr hinab beuge, um sie zum Abschied zu küssen, weicht sie zurück und mustert mich.

»Gib es zu, David hätte sogar am Morgen unserer Trauung angerufen!«

Ich gehe langsam die Treppe hinunter. An der Eingangstür drehe ich mich zu Clara um.

»Nein, Clara. Er hätte gewartet, dass ich ihn am Montagmorgen dafür umbringe, nicht angerufen zu haben.«

Die Tür knallt hinter mir zu, ich winke ein Taxi heran und sage dem Fahrer, dass ich zum Flughafen, Terminal 1, will. Die Regengüsse haben die Stadt überschwemmt. Das Wasser, das über den Bürgersteig strömt, verwischt schnell meine Fußspuren.

Die Lamellen der Jalousie von Claras Atelierfenster fallen herab. Sie lächelt.

Kapitel 4

Ich warte ungeduldig am Gate des Fluges BA 913 und sehe, wie die letzten Passagiere über den Gang verschwinden. Eine Hand berührt meine Schulter und ich bemerke die säuerliche Miene meines Freundes.

»Bin ich noch immer euer Trauzeuge?«, runzelt David die Stirn.

»So wie es aussieht, erlebst du eher unsere Scheidung.«

»Erst musst du einmal heiraten. Die Reihenfolge ist in diesem Fall nicht beliebig, mein Lieber«, versucht David, mich auf den Boden der Tatsachen zu holen. Er schafft es immer wieder, den Moment zu erhellen. Ich lache.

Die Stewardess macht ein ungeduldiges Zeichen, da sie nur auf uns beide wartet, um die Flugzeugtür zu schließen. David nimmt den Fensterplatz, während ich den kleinen Koffer im Gepäckfach verstaue. Die Maschine rollt schon an.

Als sich die Stewardess eine Stunde später mit dem Essenswagen nähert, lehnt David höflich die beiden Tabletts mit dem Essen ab, die sie uns reichen will.

»Keine Sorge!«, flüstert David zu. »Ich habe uns ein richtiges Abendessen zusammengestellt, da ich ein schlechtes Gewissen wegen deiner Lasagne habe.«

»Wo ist jetzt dein Festessen? Ich sterbe vor Hunger«, sage ich mit verärgerter Stimme.

»Über uns. Sobald die Stewardess mit ihrem Wagen fort ist, hole ich es«, zeigt er auf die Gepäckfächer über uns und lehnt den Kopf an die Fensterscheibe. Nachdem die Stewardess verschwunden ist, löse ich meinen Sicherheitsgurt, stehe auf, um Pizzas zu holen.

»In welchem?«, frage ich David und deute auf die Reihe der Gepäckfächer. Von Davids Seite kommt kein Ton, ich beuge mich über ihn und stelle fest, dass er schläft. Ich tippe ihm auf die Schulter, zögere kurz und schüttele ihn leicht. Er schläft ungerührt weiter. Als ich die Gepäckklappe über uns öffne, sehe ich, wie Mäntel und Taschen in wildem Durcheinander hineingestopft sind und keine Pizza weit und breit zu finden ist. Die Wut in mir breitet sich aus, trotzdem nehme ich meinen Platz wieder ein. Die Lichter brennen nicht mehr. Der Hunger lässt mich nicht einschlafen. Wenn die Stewardess später erneut mit dem Getränkewagen und den Sandwiches erscheint, nehme ich dankbar ein Sandwich. Die Stewardess beugt sich vor, um David zu fragen, was er möchte. In diesem Augenblick wacht er auf, gähnt und richtet sich plötzlich kerzengerade auf.

»Ich habe uns Abendessen besorgt!«, sagt er erneut und wirft mir einen vernichtenden Seitenblick zu. Ich bin immer noch wütend auf ihn.

»Na, so was, man könnte meinen, das sei das Saint-Vincent-Hospital von London, wirst du das nächste Mal sagen, wenn du aufwachst«, sage ich kühl.

Später bringt uns ein Taxi vom Flughafen Heathrow ins Zentrum von London. In den frühen Morgenstunden durch den Hyde Park zu fahren tut gut. Aus den Nebelschleiern tauchen jahrhundertalte Bäume auf.

Die weiten Rasenflächen laden zu einem Spaziergang ein. In der Ferne sehe ich zwei gescheckte Pferde über die frisch angelegten Reitwege galoppieren.

Wir passieren die Tore des Prince-of-Wales-Gates, fahren die Park Lane hinunter und das *black cab* setzt uns unter dem Vordach des Hotels Dorchester ab. Wir beziehen unser Zimmer und als ich dabei bin, mich umzuziehen, klopft David. Das hellblaue Hemd und die schwarze Boxershorts, die er sieht, regen seine Sprachkunst wieder an.

»Die Eleganz der Weltreisenden ist wieder da«, ruft er beim Eintreten, dann sinkt er in den großen grauen Ledersessel mit Blick auf das Fenster. Ich verschwinde im Bad, ohne ihn zu beachten.

»Schmollst du noch immer?«, möchte David wissen. Ich stecke den Kopf durch die halb geöffnete Tür und meine gute Erziehung kommt in Erscheinung.

»Ich sitze hungrig, vier Wochen vor meiner Hochzeit bereits in Scheidung, in einem Flieger und verbringe mein Wochenende mit dir. Also, warum sollte ich?«

»Gehst du ohne Hose raus?«, fragt David spöttisch.

»Hast du ein Problem damit?«, gebe ich den Sprachball strafend zurück.

»Zieh bitte nicht so ein Gesicht. Schließlich hat uns dein Maler hierher gelockt«, spricht David weiter.

»Ist deine Information wenigstens zuverlässig?«, äußere ich meinen Zweifel, um das Gespräch fachlich zu richten.

»Wenn es um das Geld geht, hat man Interesse daran, zuverlässig zu sein! In der Mail stand drei«, behauptet David abwesend.

»Sagen wir so, wir haben unser Wochenende einer gemeinsamen Sache geopfert. Hast du weitere Informationen?«, frage ich direkt.

»Die Adresse der Galerie, in der die Werke ab heute ausgestellt werden, ist bekannt. Vor der Versteigerung sollen die Expertisen erstellt werden. Du bist der Computerexperte in der Kunstszene mit beachtlichem Ruf. Dies gibt uns einen Vorsprung vor den anderen.«

Mit dem Aufzug kommen wir nach unten und durchqueren das große Foyer des Dorchesters. An der Rezeption fragt David nach dem Weg zu der Adresse und notiert es auf einem Zettel. Der Hotelangestellte im roten Livree kommt langsam hinter der Theke hervor, breitet einen Plan des Viertels aus und zeichnet mit einem Stift den kürzesten Weg zu der Galerie ein. Als der Mann noch einmal Schritt für Schritt zu wiederholen beginnt, reißt David ihm den Plan aus den Händen und zieht mich am Arm mit sich.

Die kleinen Gässchen, durch die wir gehen, baden im strahlenden Sonnenschein. Die Auslagen in den Schaufenstern leuchten in allen Farben. Die Blumenkörbe, die in regelmäßigen Abständen an den Laternenpfählen hängen, schaukeln in der sanften Brise wie kleine Boote im großen Blumenmeer. Das Gefühl, in einer anderen Zeit und Epoche zu sein, lässt mich nicht los. Selbst wenn Davids Informant sich getäuscht haben sollte, weiß ich, dass ich in einer dieser Galerien endlich die letzten Bilder von Ivan Popov sehen würde.

Nach nur knapp zehn Minuten sehen wir die Nummer 15 in der Gerrard Street. David überprüft die Adresse noch mal, wirft einen Blick auf seine Uhr.

»Die Galerie scheint noch geschlossen zu sein«, sagt er.

»Du hättest bei Scotland Yard arbeiten sollen«, gebe ich schlagfertig zurück, während ich auf der anderen Straßenseite ein kleines Café entdecke und hinüber gehe. David folgt mir. Drinnen riecht es nach frisch gemahlenem Kaffee und Hefegebäck, das gerade aus dem Backofen kommt. Die Gäste sind in die Lektüre der Tageszeitungen vertieft und keiner von ihnen hat nur kurz den Kopf gehoben. So wichtig scheinen Artikel zu sein. An der Theke aus Holz bestelle ich zwei Cappuccino und trage sie zu einem hohen Tresen, der sich am Fenster entlangzieht. Ein Blick genügt. Mein Herzschlag geht in die Höhe.

Da sitzt sie auf einem Hocker. In einem dunkelrosa Gabardinemantel. Ich sehe, wie sie in einer Ausgabe des *Herald Tribune* blättert und zwischendurch an ihrem Milchkaffee nippt. Während ich mit meinem Herzrasen kämpfe, hebt sie die dampfende Tasse und verzieht das Gesicht zu einer Grimasse, da sie sich offensichtlich die Zunge verbrannt hat. Dann stellt sie blind ihre Tasse zurück und schlägt die Seite um, ohne den Blick vom Artikel zu lösen. Sie ahnt nicht, dass sie einen sinnlichen Charme ausstrahlt, selbst mit ihrem weißen Schnauzbart, den der Milchschaum auf ihrer Oberlippe zurückgelassen hat. Ich lache, nehme die weiße Serviette, trete an ihren Tisch und reiche sie ihr. Ohne mich zu beachten, tupft sie den Schaum ab und gibt mir die Serviette automatisch zurück. Ich stecke sie in meine Tasche, setze mich wieder auf meinen Hocker und lasse sie nicht mehr aus den Augen. Sie beendet die Lektüre, schiebt die Zeitung zurück, schüttelt ihr Kopf und dreht sich verständnislos zu mir um. Ihre Augen sind neugierig geworden.

»Kennen wir uns?«

Ich deute schweigend auf ihr Kinn und halte ihr erneut die Serviette hin. Sie fährt sich damit über das Kinn, gibt sie zurück, zögert kurz.

»Entschuldigen Sie«, sagt sie und ich sehe, wie ihre Augen leuchten. »Tut mir wirklich Leid. Ich weiß nicht, warum ich diese Presseerzeugnisse immer wieder lese, denn jedes Mal habe ich danach schlechte Laune.«

»Und worum geht es in diesem Artikel?«, gebe ich zurück.

»Völlig unwichtige Dinge, die technisch wie auch wissenschaftlich sein wollen und die letzten Endes nur prätentiöses Geschwätz sind«, erwidert sie.

»Und weiter?«, möchte ich das Gespräch verlängern.

»Es ist langweilig und auf die Welt bezogen, in der ich arbeite.«

»Geben Sie mir eine Chance. Um welche Themen handelt es sich denn?« Neugierig mustere ich sie.

Sie schaut plötzlich auf ihre Uhr, greift nach dem weißen Schal, der auf dem Hocker neben ihr liegt.

»Bilder! Jetzt muss ich mich aber beeilen. Wir erwarten eine Lieferung und ich bin spät dran.« Sie dreht sich nur kurz um und steuert auf die Tür gegenüber zu.

»Vielen Dank für…«

»Sehr gerne«, gebe ich zurück und sehe, wie ein alter Mann sich nähert, einen Schlüssel in ein kleines Gehäuse an der Fassade und das Eisengitter vor der Tür zur Galerie in der Nummer 15 der Gerrard Street steckt und die Tür öffnet.

Sie tritt ein.

»Wir können auch gehen, David«, fordere ich meinen Freund auf und verfolge, wie die junge Frau mit dem alten Mann in der Galerie verschwindet.

Ich gehe aus dem Café und drücke die Stirn an das Schaufenster der Galerie. Vom Tageslicht erhellt wirken die Wände kahl und leer. Wo sind die beiden verschwunden?

Ich betätige die kleine Klingel neben der schwarzgestrichenen Eingangstür. Nach ein paar Sekunden erscheint wieder die junge Frau mit dem weißen Schal in den Händen. Als sie mich erkennt, lacht sie, dreht das Schnappschloss und öffnet die Tür.

»Habe ich mein Portemonnaie auf der Theke vergessen?«

»Also meine Schlüssel?«, führt sie weiter, als sie meinem Kopfnicken folgt.

»Sie haben gar nichts verloren, glauben Sie mir«, geht jetzt David vor mir und ergreift die Initiative, als er mich sieht, wie ich die Sprache verloren habe. Er reicht ihr seine Visitenkarte und stellt sich vor.

»David Voirer, Vertreter das Aktionshaus *Charlsis* bei der Firma HOSIX. Wir sind aus Frankfurt eingeflogen, um Sie zu treffen.« David macht eine kleine Pause und wartet.

»Julia. Julia Walter«, stellt sie sich endlich vor und mein Herz hüpft wieder seinen verrückten, unerklärten Tanz.

»Frankfurt? Das ist in Deutschland. Der Sitz Ihres Hauses ist doch in London, oder?«, merkt sie und bittet uns, hereinzukommen.

»Sie suchen bestimmt Mister Clemens, ein alter Freund meines Onkels.«

Sie tritt ein paar Schritte zurück. Erstaunt folge ich ihr in den hinteren Teil der Galerie.

»Ich bin Holografiehistoriker. Wir haben erfahren, dass...«

Julia unterbricht mich belustigt. Ihre Augen leuchten.

»Jetzt verstehe ich, was Sie hierher führt, auch wenn Sie sehr früh dran sind, Mister ...«

»Wagner, Michael Wagner.« Julia schaut kurz zu mir, nickt mit dem Kopf und schaut zu dem alten Mann.

»Wie Sie feststellen können, ist die erste Lieferung noch nicht eingetroffen«, sagt lächelnd der Mann.

»Die erste Lieferung?«, wiederhole ich wie ein Echo.

»Die Bilder werden im Abstand von einem Tag aus Sicherheitsgründen einzeln geliefert. Um sie alle zu sehen, müssten Sie also eine Woche in London sein. Meine Galerie ist zwar unabhängig, doch in meinem Metier haben oft die Versicherungen das

Wort«, erklärt Mister Clemens. Im gleichen Moment hält ein Transporter vor der Galerie.

Was für ein Glück wir haben, denke ich, wir werden jetzt das erste Bild sehen. Der Chef des Transporterteams öffnet die Heckklappe und die drei Männer tragen die große Kiste und stellen sie mitten im Raum ab. Langsam und mit größter Sorgfalt lösen sie die einzelnen Latten, die das Bild schützen. Als sie endlich fertig sind, atme ich tief durch. Mister Clemens zeigt die Wandleiste, an der das Bild aufgehängt werden soll. Obwohl sich meine Neugier wie Feuer in mir ausbreitet, folge ich der erstaunlichen Präzision der Männer. Sie installieren die ganze Apparatur, die nötig ist, um ein holografisches Bild zu betrachten. Als sie zurücktreten, schaut sich Julia den Rahmen und das Bild genauestens an.

Mister Clemens unterschreibt die Empfangs-bestätigung und gibt sie dem Chef zurück, damit der Transporter weiter fährt.

Ich beobachte voller Bewunderung, wie Julia die ganze Zeit ruhig und gelassen Mister Clemens unterstützt. Ich will auch nützlich sein, allerdings lehnt sie alle Versuche, ihnen zu helfen ab. Nach dem sie den Rahmen an die Alarmanlage anschließt, klettert sie auf eine Stehleiter, um alle Strahler, die das Bild beleuchten, genau auszurichten. Dabei berücksichtigt sie keinen meiner Ratschläge. Mit zunehmendem Erstaunen schaue ich, wie sie mehrmals von der Leiter hinunter steigt, um es selbst zu begutachten.

Sie steigt wieder auf die Leiter und nimmt verschiedene Korrekturen vor. David kommt hinter mich und flüstert mir ins Ohr, dass er bislang geglaubt habe, nur ich sei von dieser Malerei besessen. Ich schaue David mit einem strafenden Blick und er entfernt sich, um sich mit seinem Handy zu beschäftigen.

Julia und ich unterhalten uns über die Qualität der Beleuchtung, ohne die anderen in der Galerie zu beachten. Das Gefühl, allein mit ihr zu sein, erfüllt mich mit Ruhe und Frieden. Zum ersten Mal fühle ich mich wohl, wie Zuhause.

Gegen halb eins stellen sich dann alle vor dem Bild auf, um das Ergebnis zu sehen. Ich sehe zum ersten Mal Julia lachend und zufrieden mit den Händen in den Hüften.

»Es ist ein großartiges Bild, nicht wahr?«, meint Julia.

Auf einer Steinterrasse vor einem weißen Landhaus war ein Tisch aufgestellt worden, an dem ein Dutzend Gäste saßen. Der Strich des Malers war so präzise, dass ich das Gefühl habe, die Worte zu verstehen, die durch ihre Lippen geformt wurden. Die Leuchtkraft des Himmelsblaus zeigt einen schönen Nachmittag im Sommer. Durch sein holografisches Bild hat Ivan Popov alle Personen unsterblich gemacht. Ich brauche nur sie zu betrachten, um mir vorzustellen, wie sie sich bewegen, wie sie lebendig sein können.

»Es ist eine besondere Perspektive zu sehen. Dies ist eines seiner letzten Bilder. Und die Technik. Haben

Sie solche Technik schon gesehen? Nur wenige Künstler haben sich einer solcher Technik bedient. Wie ein Fotograf hat Popov mit einer dimensionalen Realität in dem Vordergrund gespielt, um die Tiefe zu gewinnen«, unterbreche ich das Schweigen und sehe, wie Julia immer noch auf das Bild schaut, »es sei denn, etwas Neues entdeckt zu haben.«

»Ist Ihnen aufgefallen, dass keine einzige Frau am Tisch sitzt?«

»Er hat nie Frauen dargestellt«, ergänze ich ihre Beobachtung.

»Frauenhasser oder Naturliebhaber?«

»Witwer und untröstlich«, gebe ich schnell zurück und sehe, wie sie zufrieden den Kopf schüttelt und lacht. Ein Zeichen, dass ich die Prüfung bestanden habe.

»Gratulation! Das war ein Test, den Sie bestanden haben! Kommen Sie, mein Magen rebelliert.«

Nach kurzer Absprache mit Mister Clemens verlassen wir die Galerie. David läuft auf dem Bürgersteig auf und ab und macht mir ein Zeichen, dass sein Gespräch gleich beendet sei und er sich zu uns gesellen würde.

»Das Handy Ihres Freundes scheint einen Zauber zu besitzen«, bemerkt sie mit dem Blick aufs David.

»Er ist wie besessen, wenn es um die Bilder geht«, gebe ich Julia zu verstehen, dass mein Freund und Kollege seine Arbeit ernst nimmt.

»So muss es sein. Kommen Sie, das Lokal ist gleich gegenüber. Ich rieche schon die leckeren Gerichte.«

Kapitel 5

Wir überqueren die Straße, betreten ein kleines thailändisches Restaurant und nehmen in einer hellen Nische Platz. Als ich Julia die Menükarte reiche, platzt auch David herein und setzt sich zu uns.

»Tut mir leid, ich habe euch warten lassen«, stellt er fest und schaut um sich. Ich kenne ihn und reiche ihm die Tageskarte, als ich sehe, dass er die Stirn runzelt.

»Bevor dies hier auf meinem Teller landet, muss es gelebt haben. Diese knusprige Ente.«

Julia schaut belustigt zu David und fragt, ob wir uns schon lange kennen.

»Eine Ewigkeit, nicht wahr Michael?« Er schaut zu mir und benutzt seinen Charme, um Julia zum Lachen zu bringen.

Nach dem Essen sucht David die Büros von *Charlsis* auf, und wir kehren mit Julia in die Galerie zurück. Den ganzen Nachmittag beobachte ich das Bild. Den Hocker spüre ich nicht mehr. Mit der Lupe untersuche ich jedes Detail und mache mir Anmerkungen im großen Spiralheft.

David hat einen Fotografen engagiert, der sich am frühen Abend in der Galerie einfindet und sein Stativ mit ungeheurer Sorgfalt aufstellt. Er öffnet zu beiden Seiten des Bildes große weiße Schirme, die durch Kabel mit seiner Kamera verbunden sind. Ein Dutzend aufeinanderfolgende Blitze erhellen das Dämmerlicht im Raum. Von draußen gesehen würden die Passanten denken, im Innern der Galerie tobt ein Gewitter.

Später deponiert der Fotograf seine Technik im Hinterzimmer und verabschiedet sich von uns; er kommt Morgen um dieselbe Zeit, um das zweite Bild zu fotografieren, sagt er.

Nachdem er gegangen ist, nehme ich die Signatur unter die Lupe. Tatsächlich stehe ich vor *Lande*. Das Bild war zu Beginn der neunziger Jahre in Paris ausgestellt worden, dann in Rom und sollte nun in den neuen Werkkatalog des Künstlers aufgenommen werden.

Ich fühle, wie ich müde werde, und biete Julia meine Hilfe beim Schließen der Galerie an. Sie lehnt ab, sie habe noch viel zu tun und schaut mir in die Augen.

»Das war schön mit Ihnen«, sage ich, »ich bin Ihnen und Mister Clemens sehr dankbar.«

»Ihm müssen Sie danken«, fügt Julia, auf das Bild deutend, mit sanfter Stimme hinzu und lacht.

Bevor ich auf die Straße gehe, drehe ich mich noch einmal um und sehe ihr in die Augen.

»Ich habe noch tausend Fragen an Sie«, sage ich sanft und sehe, wie sie verständnisvoll lacht.

»Uns bleibt noch die ganze Woche dafür. Jetzt müssen Sie sich ausruhen.«

Ich trete zurück und hebe die Hand zum Gruß. Julia macht das Gleiche. Ein Taxi hält am Bürgersteig.

»Danke«, sage ich und steige ins Taxi, das grade gekommen ist, winke ihr noch mal zu und sehe, wie sie zurück in die Galerie geht und die Tür hinter sich schließt. Wie sie noch eine Weile durch das Fenster sieht und nachdenkt, konnte ich nicht sehen. Etwas ist geschehen, was sie nicht versteht. Seit dem Mittagessen ist das Gefühl da. Sie kennt den Mann. Tief in ihr drin weiß sie, dass sie ihm schon mal begegnet ist. Wie er auf dem Hocker sitzt, das Bild betrachtet und die Notizen macht, alles ist ihr vertraut gewesen. Sie kann dieses Gefühl weder einem Ort noch einer Zeit zuordnen, zuckt mit den Schultern und setzt sich an den Tisch. Mister Clemens ist längst weg und die Stile tut so gut.

Als ich ins Hotel komme, spüre ich, wie energielos ich bin. Es ist keine Nachricht von Clara da. Hat sie vergessen, ihren Anrufbeantworter einzuschalten, oder ist sie noch sauer auf mich? Das Nachtleben hat David mit Sicherheit verschlungen, er wird sich morgen melden.

Nach der Dusche nehme ich das Spiralheft zur Hand und lese nochmal die Notizen durch. Sanft streicheln meine Finger über die kleine Skizze, die ich am Nachmittag unten auf einer Seite gezeichnet habe. Die flüchtigen Striche zeichnen Julias Profil. Oben über der Skizze sind holografische Kratzer, Zahlen und Figuren. Ich seufze, lege das Heft zur Seite, schalte das Licht aus und warte auf den Schlaf.

Eine Stunde später bin ich immer noch wach. Es ist so viel passiert. Das Gedankenkarussell dreht sich noch, als ich aus dem Bett springe, den dunkelblauen Anzug und das weiße Hemd aus dem Schwank fische, mich blitzschnell anziehe und das

Hotelzimmer verlasse. Die Zwischenräume, wie die Flure und Aufzüge nutze ich, um meine Krawatte zurecht zu richten und die Schuhe zu binden. Unten angekommen entdecke ich David, der am anderen Ende an einer weißen Marmorsäule lehnt. Davids Arm liegt um die Taille einer jungen Schönheit mit spärlicher Bekleidung. Ich zögere einen Augenblick und sehe, wie David und seine Begleitung durch die Drehtür verschwinden. Dieses Schlitzohr, lache ich und nehme den Barmann wahr, der mir einen kleinen Tisch zuweist. Ich sinke in einen königsblauen Ledersessel. Ein Bier und ein Sandwich würden mir helfen, die Müdigkeit zu überwinden. Als ich eine Zeitung aufschlage, wird mein Blick von einer Frau angezogen. Sie sitzt an der Bar und ich beuge mich vor, um sie besser zu sehen. Mehrere Personen vor der Theke versperren meinen Blick, trotzdem lasse ich sie nicht aus den Augen. Mir fällt auf, wie ihre Hand den Champagner im Glas kreisen lässt. Der Mondsteinring an ihrem Finger lässt mein Herz höher schlagen und ich springe sofort auf. Der Weg durch die Menge dauert eine Ewigkeit, bis ich endlich an die Theke komme. Eine jüngere Frau hat deren Platz eingenommen. Ich stelle mich auf die Zehenspitzen, wie kleine Kinder es machen, wenn sie unbedingt etwas sehen möchten. Sie strebt rasch auf den Ausgang zu und ich renne nach draußen, um sie noch zu erreichen.

Wie ein Zauber löst sie sich in Luft auf. Seltsam, denke ich, habe ich mich geirrt oder ist die Frau, die ich flüchtig kenne, da? Ist das ein Zufall, dass sie da ist, oder bilde ich mir das ein? Ich nehme wieder meinen Platz ein und widme meine Aufmerksamkeit der Zeitung. Das erinnert mich an Julia. Wie sie mit dem Milchschaum auf ihren Lippen aussah und ihre Augen mich verfolgten.

Am Morgen treffen wir uns mit David im Restaurant.

»Zwölf Stunden am Stück zu schlafen, scheint wenig zu sein für dich«, merke ich schottisch an, um David zu provozieren. Er weiß nicht, dass ich ihn gesehen habe.

»Und wie war dein Abend?«

»Langweilig – stell dir vor, die ganze Londoner Highsnobiety war da«, gibt David das Wortspiel zurück.

»Tatsächlich? War sie eine Todsünde wert?«, mustere ich David und lache. Er legt die Hand auf meine Schulter.

»Ich gebe zu, im letzten Augenblick habe ich mein Programm geändert. Und nein, du bekommst keine Details mehr. Ich brauche dringend einen Kaffee«, sagt er vergnügt. »Ich habe nämlich nicht besonders viel geschlafen.«

»Sei so lieb, lass es«, erwidere ich.

»Du hast gute Laune, wie ich höre. Unsere Konkurrenten haben ihre Teams nicht vor Ende der Woche zusammengestellt. Somit haben wir eine Woche Vorsprung, um den Zuschlag für diese Auktion zu bekommen. Also, sei nett, wenn wir in der Galerie erscheinen. Ich weiß noch nicht, wem diese Bilder gehören, aber ihre Empfehlung ist hervorragend.

Außerdem habe ich den leisen Verdacht, dass sie nicht ganz unempfindlich für deinen Charme ist.«

»Du gehst mir auf die Nerven, David.«

»Mensch, Michael, du bist heute großartig gelaunt!«, erwidert er außer Atem. »Gehe jetzt.«

»Wie bitte?«

»Du hast nur eines im Sinn – zu diesem Bild zu kommen. Also, mach dich vom Acker!«, sagt er genervt.

»Ich frage nicht, ob du mich begleitest«, sage ich milde, um ihn zu besänftigen.

»Ich habe zu tun. Die Bilder von Popov nach Deutschland transportieren zu lassen ist kein Kinderspiel, wie du weißt.«

»Dann mach doch die Auktion in London«, schlage ich vor.

»Kommt gar nicht in Frage. Ich brauche dich vor Ort.«

»Was ist dein Problem, David?«

»Wenn du gleich im Zimmer bist, dann wirf mal einen Blick in deinen Terminkalender und überprüfe, was ich dir jetzt sage: Du heiratest Ende Juni in Frankfurt.«

»Schaffst du diese Bilder etwa innerhalb eines Monats zu verkaufen?«, stelle ich die wichtigste Frage.

»Der Katalog mit Bildern erscheint in zehn Tagen. Ich könnte es also schaffen.«

»Es ist nicht dein Ernst, oder?«

»No Risk, no fun, mir bleibt keine andere Wahl«, knurrt David.

»Bist du wahnsinnig geworden?«

»Michael, dieser Artikel hat mein Büro auf den Kopf gestellt. Gestern haben mich die Leute angesehen, als läge ich im Sterben«, sagt er.

»Du steckst in einer Paranoia, David!«

»Die Dinge nehmen eine unerwünschte Richtung an. Die Auktionen retten mich und ich brauche dich so sehr wie nie. Sorge bitte dafür, dass wir den alten Maler übernehmen. Wenn mir der Zuschlag aus den Lappen geht, komme ich nie mehr auf die Beine und du übrigens auch nicht«, seufzt David und ich weiß, dass er recht hat.

In dieser Woche geht es in den Londoner Büros von *Charlsis* hoch her. Die Spezialisten jeder Abteilung kommen hier zusammen, um die Auktionstermine der verschiedenen Niederlassungen auf der ganzen Welt festzulegen, die Kataloge zu aktualisieren und die wichtigsten Werke unter den Auktionatoren zu verteilen. Es ist wie bei der Weihnachtsvorbereitung jedes Jahres. David würde seine Partner davon überzeugen müssen, dass es von Vorteil sei, die Bilder von Ivan Popov durch ihn in Frankfurt versteigern zu lassen. In einem Monat würden die wunderschönen holografischen Bilder verkauft werden. Dies würde bei den internationalen Magazinen nicht unbeachtet bleiben. David weiß, dass es kein leichtes Spiel sein würde. Zwischendurch beginnt David, an sich selbst zu zweifeln.

Kurz nach zehn Uhr erscheine ich in der Gerrard Street. Julia und Mister Clemens sind schon da. Der leichte Schatten hinter dem Fenster ist weiblich. Julia verfolgt, wie ich aus dem Taxi aussteige, die Straße überquere und in dem kleinen Café verschwinde. Kurz danach komme ich mit drei großen Cappuccinos in Pappbechern zurück. Sie öffnet die Tür, grüßt mich kurz und verschwindet im Hinterzimmer.

Gegen elf Uhr hält ein Transporter der Delyhae Moving vor der Galerie und die Kiste mit dem zweiten Bild wird mitten in dem Raum auf Böcke gestellt. Ich spüre die Aufregung in mir aufsteigen. Diese Begeisterungsfähigkeit trage ich seit meiner Kindheit in mir. Ich weiß, dass nur wenige Erwachsene dieses Gefühl erleben dürfen. Für manche erscheint es sogar altmodisch, sich über das Lächeln einer Frau zu freuen, den Blick eines Kindes oder über die Farben des Abendhimmels. Diese kleinen Herzsignale, die den Tag versüßen, können nur wenige verstehen. Sogar David lacht manchmal über mich, ohne zu wissen, dass ich meinem Vater versprochen habe, nie die Begeisterung zu verlieren.

»Mir geht es genauso«, sagt Mister Clemens, als er sieht, wie ungeduldig ich den Männern zusehe, die die Nägel aus der Kiste ziehen. Mit jeder Latte, die entfernt wird, spüre ich mein Herz noch stärker schlagen. Neben mir hält Julia ihre Ungeduld kaum noch aus.

»Ich wünschte, sie würden alle Latten gleichzeitig wegbrechen, damit ich es sofort sehen kann«, raune ich aufgeregt, wie ein kleines Kind vor seinem Geburtstagsgeschenk.

»Wir haben uns für diese Firma entschieden, weil sie genau das Gegenteil tut!«, erwidert sie leise.

Die Lattenkiste ist größer als die von gestern. Das Auspacken des Bildes dauert mindestens noch eine Stunde. Das Speditionsteam legt jetzt eine Pause ein. Wir setzen uns nach draußen, um den schönen Sommertag zu genießen. Plötzlich winkt sie ein Taxi heran und lädt mich ein, etwas frische Luft zu schnappen. Wir laufen das Themseufer entlang.

Im Schatten der Bäume versteckt sich der Wind. Ich antworte auf alle Fragen, die Julia mir stellt. Somit öffne ich ein Fenster zu meiner Vergangenheit, als sie fragt, was mich dazu bewogen hat, mich für den Beruf des Holografiehistorikers zu entscheiden. Danach setzen wir uns auf eine Bank und ich erzähle ihr von jenem Winternachmittag, als mein Vater mich zum ersten Mal mit ins Museum genommen hatte.

»Der riesige Saal und wie mein Vater mich losgelassen hat. Der Augenblick, in dem ich vor einem Bild stehengeblieben bin. Der Mann auf dem Bild schien nur mich anzusehen. »Das ist ein Selbstbildnis«, sagte damals mein Vater. »Der Maler hat sich selbst gemalt, wie viele andere Maler auch. Ich stelle dir Ivan Popov vor.« Ich begann, mit dem alten Mann auf dem Bild zu spielen. Ganz egal, wo ich mich versteckte, hinter einer Säule, in einer Ecke des Saals oder ob ich in eine andere lief – der Blick folgte mir immer«, mache ich eine kleine Pause.

»Dies habe ich auch bei einer Reise in Bulgarien in einem Kloster erlebt. Die Ikone, die ich sehen wollte, folgte mir überall hin«, lacht Julia verständnisvoll.

»Selbst wenn ich die Lider halb schloss und nur blinzelte, wusste ich, dass der alte Mann auf dem Bild mich weiter fixierte. Ich bin näher an die Leinwand herangetreten. Die Stunden, die wir im Saal verbrachten, vergingen, ohne dass ich es bemerkte. Als hätte die Zeit nicht existiert. Nur der Blick war da. Mit einem Strich, der allen physikalischen Regeln widersprach, sagten die Augen eines Mannes die Worte, die ein Kind verstehen konnte. Der kleine Junge betrachtete das Bild fasziniert und der Vater betrachtete gerührt seinen Sohn.«

»Wenn er Sie an diesem Tag nicht mit ins Museum genommen hätte, was hätten Sie aus Ihrem Leben gemacht?«, fragt Julia mit sanfter Stimme.

War es mein Vater, war es das Schicksal? Ich finde keine Antwort. Stattdessen frage ich Julia, wie sie zur Malerei gekommen ist. Sie lächelt, sieht in der Ferne die Uhr am Glockenturm vom Big Ben, erhebt sich und hält ein Taxi an.

»Auf uns wartet eine ganze Menge Arbeit«, sagt sie und wir steigen wieder in ein Taxi ein. Mir wird bewusst, dass ich nur noch zwei Tage habe, die ich in ihrer Gesellschaft verbringen kann.

Am folgenden Tag suche ich Julia wieder in der Galerie auf, um das Bild noch einmal zu sehen. Vor dem Schaufenster hält ein Auto. Ein junger Mann steigt aus und betritt mit einem Stapel Dokumente im Arm, die Galerie. Julia macht ihm ein Zeichen und verschwindet im Hinterzimmer. Der Unbekannte mustert mich schweigend eine Weile, bis Julia in einer dunkelblauen Lederhose und in einem Top eines großen Couturiers erscheint. Wie viel Sinnlichkeit und Sanftheit sie ausstrahlt, stelle ich überrascht fest.

54

»Wir sind in zwei Stunden wieder da«, sagt sie zu mir und greift eilig nach den Akten.

»Das ist Roy, er arbeitet in einer anderen Galerie von Mister Clemens«, fügt sie hinzu, zieht unsicher ihr Top zurecht und geht zur Tür.

Am frühen Nachmittag kommt Julia wieder in die *Gerrard Street.* Während ich die Bilder betrachte, setzt sich Julia an den Tisch und macht sich Notizen. Hin und wieder blickt sie zu mir und beobachtet mich. Ab und zu tue ich auch das Gleiche mit ihr. Das ist ein Katz– und Maus–Spiel, denke ich und lache innerlich. Wenn sich unsere Blicke mal kreuzen, weichen sie sich sofort – scheu, fast schüchtern – wieder aus. Ich wünsche mir, der Nachmittag habe kein Ende.

Kapitel 6

David verbringt den Tag bei *Charlsis*. Er sammelt alle Informationen, die er für die Vorbereitung seiner Auktion benötigt. Die Unterlagen vom Vortag lässt er kommen. Die Bilder, die in seinem Katalog aufgenommen werden, wählt er sorgfältig aus. Die nächsten drei Stunden sitzt er im Archiv. Am Bildschirm, vor einem Terminal, von einer der größten Datenbanken in der Welt, sortiert und archiviert er alle Artikel und Bildmaterial, das im Laufe eines Jahrhunderts über das Werk von dem Künstler Ivan Popov erschienen ist. David bekommt allmählich den Eindruck, sein Hemdkragen würde seinen Hals mit jeder Stunde ein wenig mehr einschnüren.

Wir treffen uns wieder im Hotel und er schleppt mich mit auf eine mondäne Gesellschaft, was ich hasse. Doch der Beruf verpflichtet und so mache ich gute Miene, während er ein Theaterstück über sich ergehen lässt, bei dem alle großen Sammler und Käufer anwesend sind. Später mache ich mich auf den Weg zum Hotel. Während ich durch die Straßen von Covent Garden laufe, denke ich an das Leben, das sich hier früher abgespielt hat. Damals sind die Straßen dieses Viertels ärmlich und heruntergekommen gewesen. Heute gehören sie zu den bevorzugten Gegenden der großen Metropole. Irgendwo im schwachen Licht einer der Laternen hätte man vor Jahren einem bulgarischen Maler begegnen können, der mit einem angespitzten Stift die Passanten am Rande des Marktes skizzierte. Die Sterne über London waren seine treuen Gefährten.

Am Morgen stehe ich früh auf. David erscheint nicht zum Treffen an der Rezeption und so nutze ich die Gelegenheit, um zu Fuß zur Galerie zu gehen. Das Gitter ist noch geschlossen. Ich kaufe eine Zeitung und warte im Café, bis Julia und Mister Clemens kommen. Kurz darauf sehe ich nur Roy, der mir einen Umschlag reicht und geht, ohne ein Wort zu sagen. Was soll das sein, sie kommt nicht mehr und ich sehe sie nie wieder, oder hat sie mich vergessen? Die Fragen stürmen in meinem Kopf, während ich den Umschlag öffne und ihren Brief lese.

Lieber Michael,

entschuldigen Sie, dass ich heute Morgen nicht in der Galerie sein kann. Natürlich stehen Ihnen die Türen zur Galerie offen. Ich weiß, dass Sie es kaum erwarten können, das Bild des Tages zu sehen – es ist großartig. Diesmal überlasse ich Ihnen die ganze Beleuchtung und Installation der Apparatur, die die magischen holografischen Lichtspiele erzeugen kann. Ich weiß, dass es Ihnen bestens gelingen wird. Ich komme, sobald es mir möglich ist.
Ich wünsche Ihnen einen schönen Tag an der Seite von Ivan Popov. Ich wäre gerne in Ihrer beider Gesellschaft gewesen.

Herzlichst, Julia

Nachdenklich falte ich den kleinen Brief zusammen und stecke ihn in meine Westentasche. Der Transporter der Delyhae Moving hält, kurz nachdem Mister Clemens kommt, vor der Galerie. Julias Abwesenheit macht mich irgendwie abwesend. Ich sitze an der Theke und lese noch mal die kurze Nachricht von ihr. Wer schreibt heutzutage noch Briefe? Alle bedienen ein Smartphone oder andere technische Geräte. Echte Briefe zu schreiben gehört längst zur Vergangenheit. Es tut so gut, dass sie mir schreibt. Der Gedanke beflügelt mich und ich bin voller Energie. Um Viertel nach zehn geselle ich mich zu Mister Clemens. Bis Mittag wechseln wir kein Wort, jeder ist in seinen Gedanken versunken. Der Teamchef teilt uns mit, dass das Auspacken des Bildes noch einige Zeit dauern wird. Ich schaue auf die Uhr und seufze. Die Zeit scheint stehen geblieben zu sein.

Dann trete ich ans Schaufenster, zähle zunächst die vorbeifahrenden Wagen. Sechs Gäste betreten das kleine Café, nur drei essen etwas. Ein roter Wagen kommt die Straße herauf, hält aber nicht. Ich greife zum Telefon.

»Wo bleibst du denn?«, frage ich David, der noch nicht gekommen ist.

»Im Bett. Ich habe einen teuflischen Kater und meine Versammlung wurde um drei Stunden vorverlegt«, beschwert er sich und redet weiter.

»Ich bin bei der dritten Aspirin, wenn du das wissen wolltest. Was ist mit deiner Stimme?«, fragt David, als ich schon auflegen möchte.

»Was soll mit meiner Stimme sein?«, wundere ich mich.

»Nichts, man könnte nur meinen, du beerdigst gerade deinen Großvater.«

»Es ist leider schon geschehen, David, das weißt du.«

»Tut mir leid, ich bin so nervös, glaub es mir«, fügt David zu.

»Ich bin bei dir, alles wird gut«, sage ich die Worte, die er von mir erwartet, lege auf und merke, wie mich Mister Clemens mustert.

»Sind Sie schon lange hier?«, frage ich ihn leicht hüstelnd.

»Ich bin seit siebzehn Jahren in dieser Galerie«, antwortet er und schließt die Schublade mit den Akten, die er nutzt.

»Und verstehen Sie sich gut?«, frage ich weiter. Auf einmal möchte ich alles über Julia wissen, wie sie sich hier fühlt, wie lange sie hier ist, ob es ihr Spaß macht, hier zu arbeiten.

Mister Clemens sieht mich lächelnd an und wendet sich wieder seiner Arbeit zu. Eine Stunde später breche ich das Schweigen und schlage vor, einen Hamburger essen zu gehen. Er lehnt ab und ich versinke wieder tief in meiner Welt, wo ein neuer Stern leuchtet.

David betritt den Sitzungsraum und nimmt den einzigen Platz ein, der an dem großen Tisch noch frei ist. Er rückt seinen Stuhl zurecht und wartet. Jedes Mal, wenn einer seiner Kollegen das Wort ergreift, hat er den Eindruck, Schießübungen hinter seinen Schläfen zu machen. Die Diskussionen ziehen sich ewig, wie ein Kaugummi hin. Nachdem sein Nachbar seine Darlegungen beendet, kommt David endlich an die Reihe. Die Mitglieder des Komitees konsultieren das Dossier, das er verteilt hat. Er erläutert die Daten seiner Auktionen und konzentriert sich in seinem Exposé besonders auf diejenigen, die er Ende Juni in Deutschland organisieren würde. Ein Raunen geht durch die Versammlung, als er ankündigt – die Bilder von Ivan Popov einzubeziehen.

»Wir haben alle diesen Artikel gelesen, und es tut uns sehr Leid für Sie, mein lieber David. Ich habe meine Zweifel, dass es Ihnen gelingen wird, ein großes Event rund um den Verkauf von Popovs Bilder zu gestalten. Schließlich handelt es sich nicht um Vincent van Gogh!«, fügt spöttisch der Vorsitzende hinzu.

Das Lachen seiner Kollegen irritiert David. Das Gespräch wird unterbrochen durch eine Assistentin, die eine Teekanne bringt.

Der Beschluss des Komitees ist Folgendes: Wenn das Bild von Ivan Popov tatsächlich existiert und wenn Michael Wagner innerhalb kürzester Zeit eine Expertise vornehmen kann – nur in diesem Fall, dürfte David den Verkauf übernehmen. Der Vorsitzende richtet ihm eine ausdrückliche Warnung aus – Davids Ruf und somit auch der seiner Kollegen stehe auf dem Spiel.

Julia hat angerufen und sich entschuldigt, sie kommt heute nicht. Ich kümmere mich zusammen mit Mister Clemens um die Expertise der Bilder. Später am Nachmittag gehe ich ins Café. Während ich nach

Kleingeld suche, stoße ich auf die zusammengefaltete Serviette, die ich Julia bei ihrer ersten Begegnung überreicht habe. Das löst in mir ein Lachen aus. Wie sie reagiert hat, wie sie ihre Augen auf mich gerichtet hat. Ich habe das Gefühl, dass sie bei mir ist. Eine halbe Stunde später mache ich mich auf den Weg ins Hotel. David gesellt sich zu mir. Jeder ist mit seinen Gedanken beschäftigt. Mit leichten Kopfschmerzen und erschöpft geht David nach dem Essen schlafen. Als ich wieder im Zimmer bin, hinterlasse ich Clara eine Nachricht auf dem Anrufbeantworter und krieche unter die Decke, um mir Notizen über den Tag zu machen. So machte ich es als Kind, als ich das Bedürfnis hatte, mit jemanden zu kuscheln und reden. Die Gedanken kreisen wie ein Karussell in meinem Kopf. Ich setze mich an den Schreibtisch in der Ecke des Zimmers und schreibe einen Brief, den ich Clara faxen möchte, wenn ich das Hotel verlasse.

Julia,

ich habe versucht, Dich telefonisch zu erreichen – aber ohne Erfolg. Die Sonne geht auf und ich wünsche mir, du wärst bei mir, vor allem jetzt. Heute Vormittag werde ich vielleicht jenes Bild sehen, dass mich schon so lange beschäftigt. Ich will nicht übertreiben, doch in London, im Laufe dieser Tage, habe ich begonnen, daran zu glauben.
Ich erinnere mich an die Nächte in meinem Studium, die ich alleine in meinem Zimmer damit zubrachte, die wenigen Bücher zu lesen, die das holografische Bild zum Thema hatten. Ivan Popovs Bild wird meine wichtigste Expertise werden.

Ich wünschte, diese Ereignisse, die uns trennen, würden nicht gerade mit unseren Hochzeitsvorbereitungen zusammenfallen. Aber diese wenigen Tage der Trennung tun vielleicht auch gut, wer weiß? Ich wünsche mir, dass die Spannungen, die uns in den letzten Wochen voneinander entfernt haben, bei meiner Rückkehr in Frankfurt vergessen sind.
Ich denke an dich und hoffe, dass es dir gut geht.

Michael

Am Morgen falte ich den Brief zusammen, schiebe ihn in die Jackentasche und beschließe spontan, einen kleinen Spaziergang in der frischen Morgenluft zu machen. An der Rezeption übergebe ich den Brief mit der Bitte, ihn nach Frankfurt zu faxen, und trete hinaus auf die Straße. Auf der anderen Seite beginnt der Hyde Park. Die Bäume sind schon grün und die Blumenbeete scheinen einander an Schönheit übertreffen zu wollen. Ich laufe zuerst bis zum See und betrachte die Pelikane, die auf dem ruhigen Wasser schwimmen. Dann spaziere ich langsam weiter. Ich würde gern in dieser Stadt leben, sie kommt mir so vertraut vor. Das Grüne, die Straßen, der Fluss. Doch die Uhr zeigt mir, dass ich zur Galerie laufen soll.

Ich werde in dem kleinen Café auf Julia warten. Kurz darauf parkt sie vor der Galerie und will hereinkommen. Nach kurzem Zögern dreht sie sich um und überquert die Straße. Mit entschlossenem Schritt betritt sie das Café und kommt einige Minuten später mit zwei Tassen Cappuccino zu mir. Wie hat sie mich entdeckt, es ist mir ein Rätsel.

»Cappuccino ohne Zucker! Vorsicht, heiß.« Sie gibt mir mein Getränk.

Ich sehe sie verblüfft an und nehme automatisch die Tasse.

»Man muss sich nur die Zeit nehmen und einen Menschen beobachten, um seine Gewohnheiten kennenzulernen« erwidert sie lachend.

»Ich liebe diesen blauen Himmel«, sagt sie begeistert, »die Stadt ist so anders bei schönem Wetter, meinen Sie nicht?«

»Mein Opa sagte immer, wenn eine Frau vom Wetter spricht, dann tut sie das deswegen, um von anderen Themen abzulenken«, teile ich meine Erinnerung mit.

»Und was hat Ihre Oma dazu gesagt?«, will sie weiter wissen.

»Das man sie in einem solchen Fall unter keinen Umständen darauf hinweisen dürfte.«

»Ihre Oma hatte recht!«, schmunzelt Julia, schaut mir eine Weile schweigend zu und dann lacht sie.

»Sind Sie verheiratet?«

In diesem Moment betritt David das Café. Er begrüßt uns und wendet sich sogleich an mich.

»Ich muss dich unbedingt sprechen«, teilt er mir mit.

Julia nimmt ihre Tasche und erklärt, sie würde in die Galerie gehen und uns das Gespräch überlassen.

»Ich hoffe, ich störe eure Unterhaltung nicht«, sagt David und nimmt Julia die leere Tasse ab.

»Was für ein langes Gesicht machst du denn?«, erkundige ich mich.

»Meine englischen Partner sind im Begriff, ihre Entscheidung rückgängig zu machen. Sie behaupten, Popov hätte einen großen Teil seiner Werke in England gemalt und darum müssten seine Gemälde auch hier versteigert werden.«

»Ivan Popov war Bulgare und nicht Engländer«, bestätige ich.

»Ja, das habe ich ihnen auch gesagt.«

»Was wirst du tun?«

»Ich habe darauf bestanden, dass der Verkauf dort stattfindet, wo der bekannteste Experte lebt«, fügt David und schaut abwartend zu mir.

»Kannst du bitte das Rätselspiel lassen, ich bin nicht in Stimmung«, warne ich ihn.

»Der bekannteste Experte bist du!«, schießt er schnell seinen Satz.

»Aus deinem Mund höre ich das immer gerne.«

»Der Vorstand bezahlt deinen Aufenthalt in London, egal, wie lange du bleiben möchtest«, ergänzt David stolz.

»Wie nett von ihnen«, melde ich mich spöttisch.

»Sag mal, bist du jetzt völlig übergeschnappt? Du weißt doch, dass es unmöglich ist!«

»Und warum?«, verstehe ich David nicht.

»Weil du in drei Wochen in Frankfurt heiratest und meine Auktion wenige Tage später stattfinden wird. Ich mache mir ernsthafte Sorgen um dich. Diese neue Frau, Julia, bringt dich noch um den Verstand.«

»Und haben sie diesen Vorwand akzeptiert?«

»Wie du weißt, halten die Engländer an ihrer Tradition fest. Sie würden lieber bis zum Herbst warten.«

»Meinst du nicht, das wäre besser? Schließlich hätten wir dann mehr Zeit«, spreche ich meine Gedanken laut aus.

»Seit einigen Jahren schleppst du mich mit zu deinen Vorträgen. Ich opfere meine Zeit. Dieser Maler verdient einen großen Verkauf. Und die Auktionen im Juni ziehen bekanntlich die meisten Sammler an. Popovs Bilder werden deine Versteigerung zu einem Ereignis machen. Ich als dein Freund helfe dir, so gut ich kann«, sagt David und sieht mich erwartungsvoll an.

»Ich meine das ernst, David. Wenn wir das Glück haben und dieses Bild heute auftaucht, wird es mich verdammt viel Zeit kosten, die Expertise zu erstellen. Ich werde Recherchen durchführen müssen und ich habe vorher noch die anderen Berichte fertig zu stellen«, melde ich ihm meine Arbeitsschritte.

»Ich muss jetzt gehen. Ich rechne damit, dass wir bis Montag einen unterschriebenen Vertrag mit Mister Clemens und der bezaubernden Dame, unter Dach und Fach haben. Wenn ich diese Auktion nicht bekomme, bedeutet das einen erheblichen Rückschlag für meine Karriere. Verstehst du nicht, ich bin wirklich auf deine Hilfe angewiesen.«

»Ich tue mein Bestens.«

»Darf ich dich noch daran erinnern, dass ich dein Trauzeuge bin? Denkst du noch daran?«, führt David weiter.

»Manchmal bist du richtig frech, weißt du das?«

»Das stimmt, aber aus deinem Mund höre ich das gern«, schmunzelt David und ich weiß, dass ich den Tag meines Freundes und Kollege gerettet habe.

David lacht und verlässt das Café. Wenige Minuten später springt er in ein Taxi und verschwindet. Danach gehe ich hinaus, bleibe auf dem Bürgersteig stehen und beobachte Julia durch das Schaufenster. Ich kann stundenlang einen Menschen, eine Situation oder ein Bild beobachten. Sie schien richtig beschäftigt zu sein. Trotzdem öffnet sie mir die Tür und ich suche bewusst das Treffen mit ihrem Blick. Ich habe das Gefühl, sie macht das Gleiche. Leise begrüße ich sie und spüre, wie mein Herz schneller schlägt.

Ich beobachte die Bilder, mache mir Notizen, erhebe mich jede Viertelstunde und schaue auf die Straße. Julia sitzt am Schreibtisch und beobachtet mich aus den Augenwinkeln. Nur Frauen können, ohne den Kopf zu drehen, alles so gut im Visier haben. Ich trete ein weiteres Mal ans Fenster und betrachte den dunklen Himmel.

»Sieht so aus, als würde es sich zuziehen«, merke ich an.

»Trifft das auch auf die Männer zu?«, fragt Julia und hebt den Kopf.

»Was soll auf die Männer zutreffen?«, verstehe ich ihre Bemerkung kaum.

»Die Gespräche über das Wetter«, lacht sie.

»Ich nehme an«, sage ich verlegen.

»Ist Ihnen nicht aufgefallen, dass heute Feiertag in England ist. Niemand arbeitet außer uns. Die Leute haben sich ein verlängertes Wochenende gegönnt. Die Londoner lieben es, aufs Land zu fahren. Auch ich fahre heute Nachmittag in mein Haus«, führt sie aus.

Ich schweige, drehe mich um und arbeite weiter. Nach drei Stunden fühle ich mich müde und sage ihr, dass ich einen Kaffee gegenüber trinken würde. Als ich schon an der Tür bin, greift sie nach ihrem Mantel, der über einem Stuhl liegt und folgt mir.

»Seien Sie doch geduldig mit sich selbst, diese dunkle Miene steht Ihnen gar nicht. Wissen Sie was, ich fahre nicht aufs Land, ich bleibe heute Abend in London. Die Wettervorhersage kenne ich – Samstag: Sonne, Sonntag: Regen oder umgekehrt, das weiß man in London nie so genau!«, lacht sie und ich bin erleichtert, dass ich mit ihr mehr Zeit verbringen kann. Sie möchte auch mit mir zusammen sein.

Später am Nachmittag hat Julia eine Verabredung und lässt mich allein in die Galerie zurückkehren. Das Gefühl, mich in einem Rad zu bewegen, lässt mich nicht los. Gegen halb sechs meldet sich David an. Er weiß auch nicht, dass heute Feiertag ist und das Bild nicht geliefert werden kann.

»Verdammt!«

»Ich bin ganz deiner Meinung, David«, stimme ich zu.

»Dann ist es vorbei – eins, zwei, drei – die Chance ist vorbei«, murmelt David.

»Warten wir ab. Das Glück kommt unerwartet«, versuche ich, ihn zu beruhigen.

»Ist das Intuition oder Hoffnung?«

»Beides«, sage ich zögernd.

»Ich warte auf deinen Anruf«, beendet er zügig das Gespräch und legt auf.

Gegen Abend kommt Roy in die Galerie und teilt mir mit, dass Julia aufgehalten worden sei und sie mich bei der Adresse treffen würde, die Roy auf ein Stück Papier kritzelt.

Im Hotel frage ich, ob eine Nachricht für mich eingetroffen ist. Clara hat sich nicht gemeldet.

Ich wähle meine Nummer in Frankfurt, bevor ich mich umziehe. Wieder höre ich meine eigene Stimme auf dem Anrufbeantworter. Verdammt. Ich kenne sie und ihre Art, mir zu zeigen, wie sauer sie auf mich ist. Ich lege schnell auf, ohne eine Nachricht zu hinterlassen.

Julia hat mich in eine kleine Bar mit Kerzenbeleuchtung und gedämpfter Musik in Notting Hill bestellt. Als ich eintrete, ist sie noch nicht da.

Ich setze mich an die Theke, um auf sie zu warten. Als ich zum zehnten Mal die Flaschen auf dem Regal gezählt habe und die Kurven des Lichthologramms in sich forme, sehe ich sie schließlich eintreten. Unter dem leichten beigefarbenen Mantel trägt sie ein enges rotes Kleid. Etwas sticht mir ins Herz. Wie schön sie ist in diesem Kleid, das ihre Weiblichkeit betont. In dem Moment gibt es nichts anderes auf der Welt, das meine Aufmerksamkeit von ihr ablenken könnte. Sie entdeckt mich und das Licht in ihren Augen wird heller.

»Entschuldigen Sie, ich bin spät dran. Mein Wagen hat eine hübsche Kralle am linken Hinterrad, und es gab nur wenige Taxis«, höre ich ihre Worte und dabei bemerke ich die bewundernden Männerblicke, die Julia folgen. Sie studiert die Cocktailkarte und ich mustere sie, wie ich Bilder mache – zuerst suche ich das Licht, danach die Farben und Veränderungen zum Schluss. Das Kerzenlicht spielt um ihre Wangen und ihre fein geschwungenen Lippen. Die offenen Haare liegen ruhig und betonen ihr Gesicht. Ob sie aufgeregt ist, wie ich, kann ich nicht sehen. Ich warte ab, bis sich der Kellner entfernt, dann beuge ich mich schüchtern zu ihr vor. Ich habe ihr so viel zu sagen. Da geschieht das kleine Wunder, das zwei Menschen näher bringt. Wir beginnen beide gleichzeitig zu sprechen. Die Stimmen vermischen sich und das spontane Lachen berührt unsere Herzen gleichzeitig.

»Sie zuerst«, sagt Julia lachend und in ihrem Blick sehe ich warme Erwartung. Bevor ich ihr den Vorteil gebe, sage ich automatisch die Floskeln, die alle Frauen erwarten.

»Das Kleid steht Ihnen sehr schön.«

»Ich habe fünf ausprobiert und beinahe hätte ich es mir im Taxi noch mal anders überlegt«, verrät sie, wo und wie das hübsche Kleidungsstück zum Einsatz kam.

»Bei mir waren es vier Versuche – mit der Krawatte!«, melde ich mich.

»Aber Sie tragen doch einen Pullover!«, erwidert Julia.

»Ich konnte mich einfach nicht entscheiden«, verrate ich meine Unsicherheit und den Wunsch, ihr zu gefallen.

»Ich freue mich, mit Ihnen zu Abend zu essen«, sagt Julia endlich.

»Ich auch,« gebe ich zurück und wir lassen uns vom Barkeeper beraten. Der empfiehlt Julia einen

Sunrise, doch sie ist nicht überzeugt. Plötzlich erkläre ich dem Barkeeper: »Meine Frau trinkt lieber Rotwein.«

Julia sieht mich mit großen Augen an, fasst sich schnell wieder, reicht mir die Karte und verkündet, sie würde ihren Mann wählen lassen. Er weiß, was ihr am besten schmeckt. Ich bestelle zwei Gläser Spätburgunder, als seien wir in Deutschland.

»Sie sehen aus, wie ein Junge, wenn Sie entspannt sind. Humor haben Sie auch«, spricht elegant Julia zu mir.

»Wenn Sie mich als kleinen Jungen gekannt hätten, würden Sie das nicht sagen.«

»Und wie waren Sie damals?«, will sie wissen.

»Ich brauchte sechs Monate, um mal witzig sein zu können.«

»Und heute?«

»Heute geht es schneller. Mit dem Alter bin ich selbstsicherer geworden – drei Monate. Mit dem Wetter ging es mir besser«, murmele ich und vertiefe meinen Blick auf ihr Kleid.

»Ich fühle mich sehr wohl in Ihrer Gegenwart – falls das eine Hilfe ist«, sagt sie und ihre Wangen werden rot.

Nach dem Essen möchte Julia frische Luft schnappen und wir verlassen die rauchige Bar. Ein Taxi bringt uns zur Themse. Wir schlendern schweigend den Uferweg entlang und ich sehe, wie die Mondstrahlen auf der Wasseroberfläche tanzen. Ein sanfter Windhauch streicht durch die Zweige der Platanen. Ich frage Julia nach ihrer Kindheit. Mich interessieren die kleinsten Details aus ihrem Leben. Aus Gründen, die ihr niemand hatte erklären können, war sie im Alter von drei Jahren von ihrem Großvater aufgenommen worden und mit acht Jahren in ein englisches Internat gekommen. Es hat ihr nie an etwas gefehlt. Jedes Jahr bekam sie an ihrem Geburtstag Besuch von ihrem Großvater. Sie erinnerte sich, als sie sechzehn Jahre alt war.

»Es ist irgendwie merkwürdig. Ich erinnere mich an meinen Vater, am Ende der Straße, wo wir damals wohnten. Er winkte ungeschickt, als wolle er sich von mir verabschieden. Mir schien es mindestens so. Dann stieg er in ein Auto und fuhr davon«, erzählt sie.

»Es kann sein, dass Sie damals geträumt haben«, beruhige ich sie.

»Das ist möglich. Ich habe nie erfahren, wohin er ging.«

»Und Sie haben ihn nie wiedergesehen?«

»Nie. Ich hoffte jedes Jahr, dass ich ihn wiedersehe. Alle Mädchen aus dem Internat wurden zu Weihnachten von ihren Familien abgeholt. Und ich … ich betete zu Gott, dass meine Familie auch mich abholen würde«, merkt sie mit trauriger Stimme.

»Und danach?«, will ich weiter wissen.

»Dann betete ich für das Gegenteil. Dass sie nie kommen. Schließlich war das mein Zuhause geworden. Als Kind habe ich lange darunter gelitten, nie lange an einem Ort zu bleiben. Als ich noch mit meinen Eltern zusammen war, blieben wir nie länger als drei Monate in einem Haus.«

»Warum sind Sie so viel gereist?«

71

»Ich weiß es nicht, mein Großvater hat es mir nie gesagt. Es gab auch Niemanden, von dem ich es hätte erfahren können«, teilt Julia ihre Bemühungen, Klarheit in ihr Leben zu bringen.

»Und was haben Sie an Ihrem sechzehnten Geburtstag unternommen?«, möchte ich gern wissen.

»Mein Großvater holte mich in einem wundervollen Wagen vom Internat ab. Ich war so stolz den anderen Mädchen gegenüber. Nicht weil der Wagen ein Bentley war, sondern, weil er am Steuer war. Trotz meiner Proteste fuhren wir durch London. Die Fassaden der alten Kirchen und die Pubs, die Straßen voller Fußgänger – alles lief sehr schnell vor meinen Augen ab – vor allem das Ufer der Themse.«

Ich erfahre in dem Gespräch viel über Julia. Sie hat immer und überall auf der Welt eine Verabredung mit einem Fluss. Alle Straßen, die sie überquert, führen zum Fluss. Sie geht auf jeder ihrer Reisen am Wasser spazieren, um die Brückenbögen zu betrachten, wie sie die beiden Ufer eines Flusses miteinander verbinden. Durch die Flüsse lernt sie die Geschichte der Städte und ihre Bewohner kennen – an der Seine in Paris, am Arno in Florenz, an der Donau in Budapest, an der Moldau in Prag oder am Jangtse in Schanghai. Ich erzähle ihr von den Ufern des Rheins, vom alten Hafen in Frankfurt am Main, durch das ich so gerne flaniere, und verspreche ihr, ihr die kleinsten Gässchen des Marktes zu zeigen.

»Wohin sind Sie an jenem Tag gefahren?«, frage ich.

»Aufs Land. Ich war damals wütend, ich kam schließlich vom Land! Wir haben in einem Hotel übernachtet, von dem ich noch heute jedes Detail beschreiben könnte. Am nächsten Morgen, ehe er mich ins Internat zurückbrachte, zeigte er mir seinen Landsitz.«

»Es war bestimmt ein schöner Landsitz?«, sage ich, um die Enttäuschung in ihrer Stimme zu mildern.

»Damals befand er sich in einem solchen Zustand, dass man das nicht behaupten kann.«

»Warum ist er den weiten Weg gefahren, um Ihnen diesen Besitz zu zeigen?«

»Mein Großvater ist eine eigenartige Persönlichkeit. Er hat mich dahin gebracht, um einen Handel mit mir abzuschließen. Ich sei alt genug, um ihm mein Wort zu geben. Meine Geschichte langweilt Sie, nicht wahr?«, unterbricht sie ihre Erzählung. Wir setzen uns auf eine Bank und ich bitte sie, weiterzuerzählen. Eine Laterne beleuchtet ihr Gesicht, die kleinen Funken in ihren Augen verraten mir viel. Die Sterne oben am Himmel beleuchten ihre Haare. Mein ganzes Wesen hört ihre Erzählung.

»Letztlich waren es nicht eins, sondern drei Versprechen. Ich musste ihm schwören, dass ich nach meiner Volljährigkeit das Anwesen sofort verkaufe und nie einen Fuß hineinsetzen werde.«

»Echt?«, wundere ich mich.

»Um das zu verstehen, müssen Sie die anderen Versprechen abwarten. Großvater war ein Wissenschaftler und er wollte, dass ich Physikerin werde. Er glaubte, in der Physik stecke das Geheimnis des Lebens.«

»Allem Anschein nach haben Sie in diesem Punkt nicht Wort gehalten«, lache ich, »aber was bekamen Sie im Gegenzug dafür?«

»Er hinterließ mir sein gesamtes Vermögen, außer eine Hütte, irgendwo in Italien, wo er jetzt wohnt. Und glauben Sie mir, es war beträchtlich.«

»Und Sie haben den Landsitz nicht betreten?«, wundere ich mich.

»Wir sind nicht mal aus dem Wagen gestiegen.

Als mein Großvater sich entschieden hatte, in Italien zu leben, war ich 22 Jahre alt, im dritten Studienjahr Physik. An einem Tag hat er mich angerufen, um mich um Vergebung zu bitten. Ich habe die Universität noch am selben Tag verlassen.«

Julia zog nach London, um Informatik und Kunstgeschichte zu studieren. Dann hatte sie ein Jahr in San Francisco mit Informatik und ein Jahr in Florenz mit Kunst verbracht und ihre Ausbildung an der Ecole des Beaux Arts in Paris abgeschlossen. Sie war auch bei einer Zeitung als Journalistin tätig.

»Ich war auch in Paris«, rufe ich begeistert, »vielleicht waren wir sogar zur gleichen Zeit dort«, bemerke ich den Zufall, der uns verbindet.

»Tut mir leid, aber Sie sind paar Jahre älter als ich«, merkt sie und lässt meinen Blick sinken.

»Ich meine natürlich, dass ich dort Vorlesungen gehalten habe.«

»Sie machen die Sache noch schlimmer«, ruft sie lachend und schaut zu mir. Ihre Augen sind weit offen und ihr Gesicht strahlt. Dann schweigt sie kurz.

»Hatten Sie schon mal ein Déjà-vu?«, fragt plötzlich Julia.

»Ja, öfter, im Moment aber ist das ganz normal, denn wir sind erst vor kurzem hier entlanggegangen.«

»Das meinte ich nicht«, fährt sie fort.

»Um ehrlich zu sein, wollte ich Sie fragen, ob wir uns nicht schon einmal in diesem Café gesehen haben, wo wir uns zum ersten Mal begegnet sind«, sage ich verlegen.

»Ich weiß nicht, ob unsere Wege sich schon mal gekreuzt haben. Manchmal kommt es mir so vor, als würde ich Sie bereits kennen.« Sie steht auf und ich folge ihr. Wir entfernen uns vom Flussufer und setzen unseren Weg fort. In der stillen Nacht schlägt das Pendel einer unsichtbaren Uhr den Rhythmus der Zeit. In der Magie des Augenblickes berühren sich unsere Hände und Körper. Wir entdecken unser neues Universum, das uns folgt und sich unmerklich verändert.

Ein Taxi nähert sich, ich hebe die Hand und der Wagen hält am Bordstein. Julia wendet sich zu mir und sagt sanft und leise, damit nur ich sie verstehe, sie habe einen sehr schönen Abend verbracht.

»Ich auch«, bestätige ich mit Blick auf meine Schuhspitzen, »ich auch.«

»Wann fliegen Sie zurück nach Frankfurt?«, möchte sie wissen.

»David fliegt morgen. Ich weiß es noch nicht.«

Sie macht einen kleinen Schritt auf mich zu.

»Also, dann bis bald«, und küsst mich auf die Wange.

Mit ihrer Berührung spüre ich, dass sich alles um mich zu drehen beginnt. Ich schließe die Augen, um das Gleichgewicht wieder herzustellen. Unter meinen Lidern funkeln Millionen Sternen. Der Schwindel zieht mich in ein Bild an einen anderen Ort. Mein Herz öffnet sich und der Strom von Blut hämmert in den Schläfen. Die Straße vor meinen Augen verändert sich langsam. Die Wolken lassen einen hellen Mond durchscheinen. Die Bürgersteige überziehen sich mit Schleiern, die Flamme der Laterne verwandelt sich in eine Kerze. Die Häuserfassaden verlieren ihren Putz. Eine Sackgasse taucht auf. Der Schwindel wird immer größer. Ich ringe nach Luft. In der Ferne höre ich Julias Stimme, die meinen Namen ruft. Die Bilder tauschen wieder ihre Plätze und ich öffne die Augen. Die Laterne ist da, das wartende Taxi auch.

»Ist alles in Ordnung, Michael?«, fragt Julia zum dritten Mal und ihre Stimme klingt sehr besorgt. Gut, dass sie noch da ist, atme ich erleichtert auf und bin dankbar, dass sie sich um mich sorgt.

»Ja, ich glaube, ja«, fasse ich mit zittriger Stimme meinen Zustand des Erlebten zusammen, »ich hatte nur einen Schwindelanfall.«

»Sie sind ganz blass und Sie haben mir einen Schrecken eingejagt«, spricht sie offen ihre Sorge aus.

»Ich bin nur müde, Julia, machen Sie sich keine Sorgen.«

»Steigen Sie ins Taxi ein, ich setze Sie unterwegs ab«, sagt sie. Ich lehne ab, das Hotel ist in der Nähe, das Laufen würde mir guttun.

»Jetzt haben Sie wieder Farbe bekommen«, sagt Julia beruhigt.

»Ja, es ist alles in Ordnung. Fahren Sie nach Hause, es ist schon spät«, merke ich, sie zögert kurz, dann steigt sie ins lang wartende Taxi. Ich blicke dem fahrenden Wagen nach und sehe, wie sie mir noch einmal zuwinkt.

Als das Taxi weg ist, mache ich mich auf den Weg zum Hotel. Langsam stelle ich fest, dass meine Sinne wieder normal funktionieren. Wieso habe ich diese Zeitverschiebung erlebt? Was soll das bedeuten und was hat es mit Julia zu tun? Kennen wir uns von früher oder bilde ich mir nur ein, dass ich sie kenne? Das Bild von der alten Londoner Straße war so real. Ich war da, auf der Straße, bis mich Julias Stimme zurückgeholt hat. Die Berührung löst in meinem Körper Erinnerungen aus, die ich nicht kenne. Der Schwindelanfall ist kein Zufall, das weiß ich und schließe die Augen. In meinem inneren Auge taucht der Augenblick auf, wie Julia die Bar betritt, ihren Mantel ablegt, ihr Lächeln, wenn sie mich an der Theke entdeckt. Ein kalter Schauer läuft über meinem Rücken. Als ich meinen Weg fortsetze, habe ich das Gefühl, Eisen in den Schulterm zu haben.

Kapitel 7

Ich begrüße in der Halle des Hotels den Portier mit einer Handbewegung und steuere auf den Aufzug zu. Plötzlich nehme ich die Treppe wahr und freue mich, dass ich mich bewege. Der Weg nach oben ist wie eine Befreiung aus dem Loch, wo ich gelandet bin. Im Zimmer erfasst mein Blick einen Brief. Ich lege ihn auf den Tisch und auf den Weg zum Bad ziehe ich mich aus. Den Drang nach Sauberkeit verspüre ich immer, wenn ich etwas Unangenehmes erledigen muss. Das Gefühl, dass der Brief von Clara ist, bestätigt sich, als ich ihn gelesen habe. Der Anrufbeantworter schaltet sich an und ich hinterlasse die Nachricht, dass ich auf einen Rückruf von ihr warte. Als ich auflege, klingelt mein Telefon und ich spreche besorgt.

»Wo warst du die ganze Zeit, Clara? Ich habe dich mehrmals angerufen. Ich mache mir Sorgen um dich.«

Am anderen Ende der Leitung ist Stille, dann erkenne ich Julias Stimme.

»Ich habe mir auch Sorgen gemacht, ich wollte nur sicher sein, dass Sie gut nach Hause gekommen sind.«

Meine Höflichkeit rettet mich immer, wenn ich überrascht bin und ich beruhige sie.

»Das ist nett. Ich war in einer netten Gesellschaft im Regen.«

»Sie hatten weder Schirm noch Mantel bei sich«, merkt sie und mir wird bewusst, wie aufmerksam sie ist.

»Sie haben meine Wetter–Einschätzung bemerkt?«, wundere ich mich.

»Ja«, ihre Stimme klingt immer noch besorgt und berührt mich wie ein Regentropfen vor dem Sturm.

»Es freut mich. Ich kann Ihnen nicht sagen, warum. Wirklich.«

Sie zögert kurz am Telefon, dann sagt sie mir, dass sie mir etwas Wichtiges zu sagen hat. Ich presse den Hörer fester ans Ohr und halte den Atem an.

»Ich auch«, sage ich und lasse sie reden.

»Ich weiß, dass Sie sich zurückgehalten haben, darüber zu sprechen. Ich bewundere Ihre Diskretion. Seit unserem ersten Treffen in der Galerie haben wir beide die Frage vermieden. Nach unserem Treffen heute Abend, glaube ich, Ivan Popov würde mein Verhalten dulden. Ich vertraue Ihnen. Für Sie liegt an der Rezeption ein Umschlag mit der Wegbeschreibung. Mieten Sie morgen einen Wagen und kommen Sie zu mir. Ich muss Ihnen etwas Wichtiges zeigen, dass Ihnen sicher Freude machen wird. Ich erwarte Sie mittags, seien Sie pünktlich. Gute Nacht, Michael.«

Ohne mir Zeit für eine Antwort zu geben, legt sie auf. Ich bin sprachlos. Sie lädt mich zu sich nach Hause ein. Es muss wirklich einen wichtigen Grund dafür geben. Wie mutig Julia ist. Sie versteht mich, denke ich und begebe mich zur Hotelrezeption, um den Brief zu holen und einen Wagen für morgen zu bestellen. Der Portier sagt mir, am Nachmittag hätte eine gewisse Clara versucht, mich zu erreichen.

Als ich später im Bett liege, schlafe ich sofort ein. Es taucht ein seltsamer Traum auf. Ich reite über den

Kiesweg zu einer kleinen Siedlung. Plötzlich sehe ich vor mir, wie aus einem kleinen Haus aufgeregte Menschen herauskommen. Alle sind im Stil einer anderen Epoche gekleidet. Um den vielen Menschen zu entkommen, springe ich im Galopp davon. Die kleine Siedlung mündet in eine Landschaft aus grünen Feldern. Ich biege in einen kleinen Weg ein. Eine Frau hat mich eingeholt und reitet jetzt neben mir. »Schnell, schnell, beeilen Sie sich«, fleht die Frau und gibt ihrem Pferd die Sporen. Als ich flüchtig zu ihr blicke, springt mein Herz wie verrückt. Neben mir reitet Julia. Schweißgebadet wache ich auf und liege Stunden wach im Bett.

Der Klingelton vom Smartphone reißt mich aus dem Schlaf. Eine Stimme in mir sagt mir ständig: »Es wird sich alles klären, es wird sich alles klären.«

Am Steuer des Mietwagens verlasse ich den Parkplatz des Hotels und fahre auf der Autobahn Richtung Westen. Nach Julias Wegbeschreibung nehme ich nach hundert Meilen eine Ausfahrt. Die Landschaft mit dem frischen Grün wirkt auf mich beruhend. Eine halbe Stunde später passiere ich eine Landstraße und erinnere mich stets daran, dass in England Linksverkehr herrscht. Ich biege auf einen Feldweg ein, der in einen dichten Wald führt. Der Wagen hoppelt ziemlich heftig und der Feldweg mündet in eine Ausfahrt, die vor einem schmiedeeisernen Tor endet. Über einen Kiesweg gelange ich zu einem etwa fünfzig Meter entfernt stehenden wunderschönen englischen Herrenhaus. Vier Steinstufen führen zu dem Haupteingang, der von zwei großen Glastüren flankiert ist. Plötzlich sehe ich Julia und weiß, dass sie mich nicht sieht. Ihr gelber Regenmantel leuchtet, die Haare sind offen. In der Hand hält sie eine Rosenschere. Sie geht zu einer der Kletterrosen, die an der Fassade emporranken und schneidet ein paar rosafarbene Blüten ab, um einen Strauß zusammenzustellen. In diesem Moment wird mir klar, wie wunderschön sie ist. Ich spüre mein Herz im Hals und die Hände am Steuer des Autos beginnen zu zittern. Die Sonne, die ein Versteckspiel mit den Regenwolken spielt, bricht durch die dünne Wolkendecke. Julia lässt ihre Regenjacke auf den Boden gleiten. Das weiße T–Shirt, das sie trägt, betont ihre schlanke Figur. Ich bin wie versteinert. Als ich aus dem Auto steige und auf das Tor zu trete, verschwindet sie im Haus. Ich blicke auf die Uhr, die ein Verlobungsgeschenk von Clara ist. Durch die Glastür fällt ein goldener Lichtstrahl auf das Parkett des Eingangsraums. Ich zögere nur einen Augenblick und treffe eine Entscheidung, von der ich jetzt schon weiß, dass ich sie bereuen werde. Später. Wie von einer fremden Hand gesteuert kehre ich um, steige in den Wagen und lege den Rückwärtsgang ein. In mir steigt die Wut hoch und ich trommele auf das Lenkrad. Die Gedanken schießen einer nach dem anderen und ich bekomme Kopfschmerzen. Zuerst rufe ich David an, der mich direkt am Flughafen treffen wird und bitte ihn, das Gepäck aus dem Hotelzimmer mitzunehmen. Dann wähle ich die Nummer von British Airways und bestätige meine Reservierung.

Die ganze Fahrt über breitet sich meine schlechte Laune wie die Pest aus – nicht wegen des zerstörten Traumes, das Bild endlich zu sehen, sondern weil mir eins immer klarer wurde: Je weiter ich mich von dem Landsitz entferne, desto beherrschender wird Julias Präsenz, von der ich ja fliehe. Am Flughafen wird mir übel. Die sprudelnde Wahrheit zu sehen, macht mir zu schaffen: Julia fehlt mir. Ich will bei ihr sein, ihr alles erzählen. Sie berühren und ihr zuhören. Ich kann nicht. Die Verlobung liegt in der Luft, wie ein Schwert.

Ich beobachte David in der Abflughalle, wie er auf und abläuft. Das macht er immer, wenn er gestresst ist und etwas nicht versteht. Wenn der Flug nach Frankfurt keine Verspätung hat, sind wir am Nachmittag schon zu Hause, denke ich und wende mich David zu.

»Was hast du nicht verstanden?«, frage ich gereizt.

»Seit fünfzehn Jahren schleifst du mich zu deinen Vorträgen. Wir stöbern in Bibliotheken, durchforsten Tonnen von Videoarchiven auf der Suche nach einem Hinweis, der das Geheimnis des holografischen Bildes deines Malers lüften könnte. Seit fünfzehn Jahren sprechen wir fast täglich darüber. Und jetzt hast du einfach so darauf verzichtet, herauszufinden, ob das Bild tatsächlich existiert?«, kann David nicht fassen.

»Es gibt kein drittes Gemälde, David«, äußere ich meine Vermutung und sehe, wie er eine Widerstandsrede parat hat.

»Wie willst du das wissen, wenn du den Landsitz nicht betreten hast? Du verstehst mich nicht, Michael.

Ich brauche es, unbedingt. Ich brauche es, damit meine Partner mich nicht feuern. Ich fühle mich wie in einem Käfig, in dem die Wände sich zusammenziehen, und ich nicht raus kommen kann.«

David ist in London enorme Risiken eingegangen. Er hat den Vorstand überredet, den Katalog später als gewöhnlich herausgeben zu lassen. Dies war ein Signal dafür, dass eine große Neuigkeit bevorstand. Dieser Auktionskatalog würde für die größte Aufmerksamkeit für sein Auktionshaus sorgen und David retten.

»Sag mal, du hast dich doch nicht festgelegt, oder?«

»Nach unserem Telefonat heute, in dem du mir von deiner Flucht erzählt hast, habe ich sofort den Direktor unseres Londoner Büro kontaktiert. Heute ist Samstag, also habe ich ihn zu Hause angerufen!«, sagt David.

»Was hast du ihm gesagt?«, frage ich beunruhigt.

»Dass ich persönlich dafür Verantwortung übernehme, dass dieser Verkauf einer der größten des Jahrzehnts wird, wenn er mir vertraut.«

Ich sehe ihn verblüfft an und staune, welche Risiken er dafür eingeht und bewundere ihn. Wenn wir das dritte Gemälde von Popov aufgespürt hätten, wären die Käufer der berühmtesten Museen der Welt gekommen und hätten trotz des Interesses der großen Sammler bei seiner Auktion mitgeboten. Ich hätte das Bild, wovon ich nur geträumt habe und David wäre wieder einer der angesehensten Experten in seinem Gebiet geworden.

»Es fehlt eine Kleinigkeit bei deinem Plan. Hast du dir eine Alternative überlegt«, frage ich ihn.

»Ja, du wirst mir per Post das Geld auf eine einsame Insel schicken.« Er schaut mich ernst an.

Die Stadt ist schon in Sicht und wir nähern uns der Landebahn.

»Was ist los?«, frage ich David, als ich ihn schweigend sehe.

»Ich bin auf das Fax gestoßen, das du Clara geschickt hast, als ich deine Sachen aus deinem Hotelzimmer geholt habe. Ich weiß, ich hätte es nicht lesen sollen, aber da ich es in Händen hatte…«

»Na und?«

»Du hast Julia geschrieben – statt Clara! Ich wollte dich vorwarnen, ehe deine Verlobte es dir sagt«, sagt David belustigt, schaut zu mir und wir beide brechen in Gelächter aus.

»Also, ich frage mich …«, unterbricht David seinen Satz.

»Was denn?«, will ich unbedingt wissen.

»Was du hier in diesem verdammten Flugzeug suchst!«

»Ich fliege nach Hause, David.«

»Ich formuliere meine Frage anders. Du wirst sehen, dass du dich selbst verstehst! Wovor hast du Angst?«

Seine Frage ist ein Volltreffer. Auf einmal fällt ein Vorhang vor meinen Augen. Als ich einen Moment überlege, steigt der Widerstand in mir hoch.

»Vor mir. Ich habe Angst vor mir selbst«, gestehe ich.

84

David schüttelt den Kopf und sieht aus dem Fenster. »Auch ich habe Angst vor dir, mein lieber Freund. Trotzdem bist du immer noch mein bester Freund! Ich wünsche mir, dass du etwas öfter mit dir selber Umgang pflegst. Du wirst dich sehen, wie du mit langem Gesicht deine Hochzeit vorbereitest. Glaub es mir, wenn es dir gelingt, dein eigener Freund zu werden, dann wirst du sehen, wie aufregend dein Leben ist«, beendet David seine Lebensweisheiten und schaut zu mir.

Schweigend greife ich nach dem Bordmagazin in der Sitztasche vor mir. Seltsam. Als ich beim Hinflug diese Zeitschrift durchgeblättert habe, bin ich auf ein kurzes Interview mit einer jungen Galeristin gestoßen, die in London sehr bekannt ist. Der Artikel war mit einem Foto versehen, das Julia vor ihrem Herrenhaus zeigte. Das kann jetzt nicht sein, dass mich diese Frau nach Hause begleitet. Es ist verrückt, was mit mir passiert. Ich beuge mich nach vorn und schiebe das Magazin zurück in die Tasche. David beobachtet mich und sagt schmunzelnd:

»Übrigens, wenn ich ins Exil auf eine einsame Insel gehe, dann nur allein.«

»Ich verstehe dich nicht, David.«

»Wenn du mir folgen würdest, wäre sie nicht mehr einsam, wie jetzt.«

»Und warum sollte ich das tun?«

»Weil du dich in deinem jetzigen Frankfurter Leben völlig verrannt hast«, beleuchtet er.

»Was möchtest du mir sagen, David«, frage ich ihn gereizt.

85

»Nichts«, antwortet er spöttisch und greift nach seinem Bordmagazin. Nach der Landung gehen wir zum bewachten Parkplatz. Um das Terminal stauen sich viele Autos. David beugt sich vor und sagt zu sich selbst.

»Hast du es gesehen? Man bedankt sich mindestens dafür, dass man die geniale Idee hatte, mit dem Auto zu kommen.«

Die lange Spur von Menschen draußen versteckt eine Frau mit dem auffälligen Haar nicht, die in das erste Taxi steigt.

Auf den Straßen zur Stadt herrscht Stau. Wir brauchen über eine dreiviertel Stunde, um nach Hause zu kommen. Ich öffne die Eingangstür, stelle meine Tasche ab und hänge den Regenmantel an den Garderobenhaken.

Die Dunkelheit überzeugt mich, dass Clara nicht da ist.

Auf der Treppe rufe ich ihren Namen. Es kommt keine Antwort. Das Schlafzimmer ist still und das Bett unberührt. Ich gehe langsam nach oben, weil ich das Gefühl habe, oben bewegt sich jemand. Vorsichtig öffne ich die Tür zum Atelier. Keine Spur von Clara. Ich stehe von einem Bild, das sie zuletzt gemalt hat. Der Hafen und das Meer erkenne ich gleich. Der Mann hält ein kleines Mädchen an der Hand. Die Frau neben beiden trägt ein Koffer. Die Gesichter kann ich nicht sehen. Seltsam. Das Bild kommt mir bekannt vor, aber ich kann jetzt nicht erkennen, woher. Meine Gedanken wandern zu David und ich rufe ihn an. Sein Anschluss ist besetzt. Mein Blick tastet sich durch den Raum. Die Farbe der Dielen hat denselben Goldton wie das helle Parkett eines englischen Landsitzes. Mein Herz beginnt im rasenden Rhythmus zu schlagen. Ich verlasse das Atelier und eile die Treppe hinab. Im Flur angekommen, greife ich nach dem Koffer, der noch da steht und schließe die Tür hinter mir ab. Ein Taxi fährt vorbei, ich winke es heran und steige ein.

»Zum Flughafen, bitte so schnell wie möglich!«

Der Fahrer wirft einen Blick in den Rückspiegel und gibt Gas.

Als das Taxi am Ende der Straße angelangt ist, lässt Clara die Lamellen der Jalousie sinken. Sie geht die Treppe hinunter und nimmt ihre Schlüssel aus einem Schälchen. Ihr Blick fällt auf den Regenmantel, den ihr Freund vergessen hat. Sie zuckt mit den Schultern, verlässt das Haus und läuft ein Stück die Straße hinauf. Eilig steigt sie in ihren Wagen und fährt zunächst in östliche Richtung, dann biegt sie in eine ruhige Straße ein. In der Nähe der Nummer 57 stellt sie den Wagen ab, steigt die Stufen hinauf und drückt auf die Klingel. Die Haustür springt auf. Sie nimmt den Aufzug in den letzten Stock, wo eine Wohnungstür am Ende des Flurs angelehnt ist.

»Es ist offen«, ruft eine Frauenstimme aus der Wohnung.

Die elegante Einrichtung wird von den Kunstgegenständen aus Silber ergänzt. Die Luft bewegt leicht die Gardinen vor den großen Fenstern und die Stimme fährt fort.

»Ich komme gleich, bin im Badezimmer.«

Clara nimmt in einem schwarzen Sessel Platz.

Die Frau tritt ins Zimmer und legt das Tuch, mit dem sie die Hände abgetrocknet hat, über eine Stuhllehne.

»Diese Reisen machen mich fertig«, sagt sie und umarmt Clara. Ein Ring mit einem Stein im alten Schliff funkelt an ihrem Finger.

Kapitel 8

Während des Fluges erhole ich mich, in dem ich die Augen geschlossen halte, als das Flugzeug abhebt und dann wieder landet. In einem Mietwagen fahre ich vom Flughafen Heahrow auf die Autobahn und gebe kräftig Gas, als ich das kleine Gasthaus vor mir sehe. Kurz danach taucht das Gitterportal vor mir auf. Die Tore sind weit geöffnet. Ich fahre weiter und halte vor der Terrasse.

Das Sonnenlicht erhellt die Fassade. Die Rosen zeigen sich in Pastelltönen über den Mauern. Julia tritt auf die Terrasse und kommt die Stufen herab. Ich sehe, wie ihre Augen kaum ihre Gefühle verstecken.

»Sie sind pünktlich – wenn wir statt gestern heute verabredet wären.« Ihre Stimme klingt leise und hoffnungslos.

»Es tut mir so leid, es ist eine lange Geschichte«, antworte ich verlegen und ich meine es wirklich so.

Julia dreht sich um und geht ins Haus. Ich stehe eine Weile überrascht da, dann folge ich ihr ins Haus. Alles scheint auf seinen Platz zu sein.

Es gibt die Orte, an denen man sich wohl fühlt, ohne zu wissen, warum. Dieses Haus, in dem Julia lebt, gehört dazu. Es hat eine angenehme Atmosphäre, so als ob es im Laufe der Jahre mit positiven Schwingungen gefüllt wurde.

»Kommen Sie bitte mit«, sagt sie und wir beide betreten eine große Küche, mit dunkelblauen Terrakottafliesen.

Die Zeit scheint hier stehen geblieben zu sein. Im Kamin leuchtet noch schwaches Feuer, das sofort ein Holzscheit verschlingt. Die kleinen Flammen gehen hoch und sprühen leichte Funken.

»Hier sind die Wände so dick, dass man sowohl im Winter als auch im Sommer heizen muss. Wenn Sie morgens hier hereinkämen, wären Sie überrascht, wie kalt es ist. Möchten Sie Tee oder Kaffee?«, wendet sich Julia höflich zu mir und ihre Augen sehen immer noch traurig aus. Ich beobachte sie an die Wand angelehnt. Wie elegant diese einfachen Gesten bei ihr wirken.

»Sie haben also keinen der Wünsche Ihres Großvaters respektiert?«, führe ich das Gespräch von vor ein paar Tagen weiter fort.

»Im Gegenteil«, sagt sie und ein leichter Hauch von Lachen erscheint auf ihren Lippen.

»Ist das nicht sein Landsitz?«, wundere ich mich.

»Mein Großvater ist ein guter Psychologe. Die beste Strategie dafür, dass ich das tun würde, was er wirklich wollte, war, mich das Gegenteil versprechen zu lassen.«

Das Wasser kocht, sie brüht den Tee auf und ich nehme an dem Holztisch Platz. Julia setzt sich mir gegenüber.

»Kennen Sie die Geschichte von Ivan Popov und seines Mäzens Sir Thomas?«, fragt sie und fährt weiter fort.

»Im Laufe der Jahre sind sie untrennbar geworden, so wie zwei Brüder. Ivan Popov ist bei ihm gestorben.«

In Julias Stimme spüre ich eine Art von Vorfreude, lehne mich bequem zurück und warte, dass sie mit ihrer Geschichte fortfährt.

»Nachdem Popov 1929 aus Bulgarien geflohen war, kam er nach England. London war immer schon für viele Menschen ein Ort des vorübergehenden Exils. Man traf dort Araber, Türken, Schweden, Griechen, Spanier, sogar Inder und Chinesen. London war damals schon so multikulti wie heute. Popov landete auf der Straße, er war ein Bettler und lebte in einer erbärmlichen Kammer in Lambeth. Das Betteln reichte gerade so aus, um nicht zu verhungern. Manchmal skizzierte er, mit einem Stück Stift oder Kohle auf alten Blättern, die Passanten auf dem Markt und kritzelte irgendwelche Zahlen darunter.

Wenn das Glück ihm mal auf die Schultern klopfte, verkaufte er eine Zeichnung oder zwei und verdiente sich damit ein paar Pence. An einem Morgen im Herbst begegnete er Sir Thomas und sein Schicksal nahm einen anderen Verlauf. Damals war Sir Thomas ein sehr angesehener und wohlhabender Kunsthändler. Er wäre an diesem Morgen normalerweise nie auf diesen Markt gegangen, doch seine Frau brauchte schnell einen Ersatz für einen erkrankten Diener. Als Ivan ihm die Skizze zeigte, die er soeben gemacht hatte, erkannte Sir Thomas, das Talent in ihm steckt. Er kaufte die Skizze, studierte sie und die rätselhaften Zahlen unten auf dem Blatt den ganzen Tag lang. Dies ließ ihm keine ruhige Nacht. Am nächsten Morgen kam er zusammen mit seiner Tochter zurück und bat den Mann, sie zu zeichnen.

91

Der Mann malte keine Frauen. Er sprach kaum Englisch und Sir Thomas verlor schnell die Geduld. So hätte dieses erste Treffen beinahe mit einer Schlägerei geendet. Doch Ivan Popov präsentierte Sir Thomas eine andere Zeichnung. Sie stellte den wohlhabenden Kunsthändler dar, den er aus der Erinnerung gezeichnet hatte, nachdem Sir Thomas ihn verlassen hatte.«

»Ist das dasselbe Bild, das in San Francisco ausgestellt ist?«, erkenne ich plötzlich die Geschichte des Bildes.

»Ja, die erste Skizze war die …«, hört Julia mit Reden auf und runzelt die Stirn.

»Sie kennen all die Geschichten und ich mache mich nur lächerlich. Sie sind der Experte über holografische Bilder und ich erzähle Ihnen Anekdoten, die man in jedem Buch über ihn nachlesen kann«, gibt sie ihre Erkenntnis laut von sich.

Meine Hand hätte sich der von Julia am Tisch genähert. Ich hätte sie auch gern ergriffen, doch etwas hielt mich zurück.

»Es gibt nur wenige Bücher über Popov und ich versichere Ihnen, dass ich diese Geschichte nicht kannte«, beruhige ich sie.

»Machen Sie sich über mich lustig?«, scheint sie betroffen zu sein.

»Ich kann Sie beruhigen, Julia. Ich kenne diese Details nicht und ich möchte gerne wissen, woher Sie all diese Informationen haben. Ich werde sie in mein nächstes Buch aufnehmen«, eröffne ich meine zukünftigen Pläne über den Maler und sehe, wie sie kurz zögert, dann erzählt sie weiter.

»Ich glaube Ihnen«, sagt sie und schenkt Tee nach.

»Da Sir Thomas misstrauisch war, bat er Ivan Popov ein Porträt seines Gärtners anzufertigen. Danach sind sie beide Freunde geworden. Also, wenn Sie all das längst wissen und sich über mich lustig machen, verspreche ich Ihnen …«

»Erzählen Sie weiter, bitte«, beruhige ich sie, damit sie sich weiter öffnet. Ich spüre eine unsichtbare Verbindung zwischen uns dreien – der Maler ist unser Geist aus der Vergangenheit, der uns zusammenfügt. Julia erzählt den ganzen Nachmittag über die Geschichte von Ivan Popov und Sir Thomas. Der Kunsthändler suchte Ivan Popov fast täglich auf und gewann allmählich dessen Vertrauen. Nach wenigen Wochen bot er ihm an, ohne Kosten in einem seiner Häuser in der Nähe des Marktes zu wohnen. Der stolze Maler lehnte ab, umsonst dort zu wohnen und bezahlte das Zimmer mit seinen Zeichnungen und mathematischen Zahlenbilder. Sobald er eingerichtet war, ließ Sir Thomas ihm hochwertige Ölfarben, Pigmente und all die Dinge, die er für seine Ideen brauchte, zukommen. Das war der Anfang seiner Periode in England, die neun Jahre, bis zu seinem Tod dauerte. In seinem Zimmer führte Popov die Aufträge von Sir Thomas aus. Er blieb jedes Mal ein bisschen länger und so gelang es ihm, den Stolz des Künstlers zu überwinden. Innerhalb eines Jahres malte der Maler fünf große Gemälde. Julia zählt sie auf, ich kenne sie alle und sage ihr, wo auf der Welt sie sich jetzt befinden. Sie erzählt weiter, dass Popov Lichtexperimente mit Bildern machte und viele Versuche brauchte, die Licht und Bilder verbündeten. Doch seine Flucht und die harten Lebensbedingungen im Viertel hatten Popovs Gesundheit geschwächt. Sein Husten wurde immer heftiger. Eines Morgens fand ihn Sir Thomas am Boden liegend in seinem Zimmer vor. Er hatte es nicht mehr geschafft, allein aus dem Bett zu steigen und war gestürzt. Danach wurde der Maler ins Stadthaus von Sir Thomas gebracht. Später ließ er ihn auf seinen Landsitz bringen, wo er sich endgültig erholen sollte. Dort konnte er wieder zu seinen Kräften kommen. Sir Thomas behandelte ihn wie einen Bruder. Mit ihm zusammen machte er mehrere Reisen nach Frankreich und Italien, um dort selbst die Pigmente zu besorgen, mit denen er seine leuchtenden Farben herstellte. Wenn er nicht reiste, malte er. Sir Thomas stellte die Bilder in seiner Galerie aus, und wenn er keinen Käufer fand, hängte er sie in seinen Häusern auf, und bezahlte den Maler so, als wäre es verkauft worden. Jahre später erkrankte Popov erneut. Diesmal verschlechterte sich sein Zustand sehr schnell.

»Er starb Anfang Juli friedlich in einem Sessel im Schatten eines Baumes, unter den ihn Sir Thomas hatte tragen lassen.«

Julias Stimme klingt traurig. Sie erhebt sich, um den Tisch abzuräumen. Die Teekanne und Tassen trägt sie zu dem großen Becken mit den imposanten Kupferhähnen. Ich gestehe Julia, nichts über Ivan Popovs Zeit auf dem Land gewusst zu haben und erzähle ihr Details aus anderen Schaffensperioden des Malers. Als ich das Geschirr spüle, steht Julia neben mir und trocknet ab. Mich überwältigt die Sinnlichkeit, die sie ausstrahlt. Sie reckt sich auf die Zehenspitzen, um die Teller in einen über ihrem Kopf befestigten Board zu räumen. Ich verspüre das Bedürfnis, sie in die Arme zu nehmen und jedes Mal verbiete ich mir es. Julia wäscht sich die Hände, wischt sie an der Schürze trocken, nimmt diese ab und legt sie neben den alten Küchenherd. Dann winkt sie mir lebhaft zu und lacht.

»Kommen Sie, ich muss Ihnen was zeigen«, ihre Stimme klingt munter und die Traurigkeit in ihren Augen ist weggeblieben. Wir überqueren den Hinterhof des Landsitzes und bleiben vor einer riesigen Scheune stehen. Als sie den Schlüssel im Schloss umdreht, höre ich mein Herz klopfen. Jetzt sehe ich in meinem inneren Auge das gesuchte Bild vom Maler. Julia schiebt energisch die beiden Türflügel auf. Im Inneren blitzt ein altes Auto. Julia setzt sich hinter das alte Holzlenkrad, lässt den Motor an und dreht sich zu mir.

»Ziehen Sie nicht so ein Gesicht. Steigen Sie ein. Ich muss im Dorf einiges erledigen. Wenn wir zurück sind, bekommen Sie das zu sehen, was Sie hergeführt hat. Jemand hat schließlich vierundzwanzig Stunden Verspätung«, ihre Augen blitzen schelmisch auf. Ich nehme neben ihr Platz, sie fährt mit quietschenden Reifen los und lächelt. Als ich sie so sehe, verfliegt meine Enttäuschung schnell.

Das alte rote Cabriolet flitzt durch die Landschaft wie ein junges Mädchen, das zum ersten Treffen eilt.

Wir halten vor einem kleinen Laden an und Julia kauft Produkte für das Abendessen ein. Ich trage eine volle Kiste hinaus und verstaue sie auf dem schmalen Hintersitz. Julia überlässt mir das Steuer auf dem Rückweg. Ich lege nervös den ersten Gang ein und würge den Motor ab.

»Die Kupplung geht etwas hart, daran gewöhnt man sich leicht«, erklärt sie kurz. Ich versuche, meine Ungeduld zu verbergen und fahre angemessen. Als wir ankommen, stellen wir die Einkäufe in der Küche ab. Julia führt mich über einen Flur, der in eine große Bibliothek mündet. Die Regale an den Wänden sind bis zur Decke voll mit alten Werken gefüllt.

Die Uhr über dem Kamin zeigt acht Uhr und bewegt sich nicht. Auf einem Holztisch in der Mitte der Bibliothek liegen einige alte Bücher. Durch die kleinen Scheiben der Fenster geht die Sonne unter. In einer Nische bemerke ich eine Tür, auf die Julia jetzt zusteuert. Ich will sie vorbeilassen. Als sie meine Hand auf die Klinke legt und unsere Körper einander streifen, ergreift mich der Schwindel wieder.

Ich wage den Blick mühsam wieder zurück in die Bibliothek und spüre, dass ich in wenigen Sekunden keine Luft mehr bekommen würde. Mit aller Kraft kämpfe ich dagegen an und ringe nach Atem, trete einen Schritt zurück und der Schwindel hört sofort auf, wie eine Magie. Julia steht mir gegenüber.

»Es hat wieder angefangen, nicht wahr?«, bestätigt sie.

Ich ringe nach mehr Luft und nicke.

»Ich habe auch immer so eigenartige Visionen, wenn wir uns berühren«, murmelt sie und spricht das auf seltsame Weise aus, sieht mich sinnverwandt an und tritt dann wortlos in das kleine Arbeitszimmer.

In der Mitte des Raumes steht eine Staffelei. Als sie die Decke entfernt, die das Bild schützt, beschert sie mir jenen einzigartigen Augenblick, von dem ich jahrelang geträumt habe. Ich betrachte das Gemälde und traue meinen Augen nicht. In der Ewigkeit des Bildes erstarrt, stand die junge Frau versonnen da. Sie hat den Blick dem Betrachter zugewandt. Das Gewand, das sie trug, war von einem intensiven, tiefen Blau, wie ich es noch nie gesehen habe. Ich nähere mich der Leinwand, um mich zu überzeugen, dass es das gesuchte holografische Bild ist, das die Welt noch nicht gesehen hat. Das Gemälde ist weit schöner, als ich es mir jemals hätte vorstellen können. Zunächst ist da das Thema, das allen Regeln widersprach, die sich der Maler auferlegt hat, keine Frauen zu malen. Dann dieses unglaubliche Blau. Dies erinnert mich daran, dass Ivan Popov seine Farben selbst nach einer alten bulgarischen Rezeptur mischte.

Ein starker Wirbel ergreift mich wieder. Die drei Schichten, die den drei Dimensionalen entsprachen, sind mit der Gegenlicht–Technik ergänzt, derer sich der Künstler hier bedient hat, war durchaus zeitgemäß. Es handelt sich um eine präzise Technik, die im zwanzigsten Jahrhundert üblich war. Der smaragdgrüne Himmel stammt von einer anderen Stilrichtung, dem Fauvismus. Was mich auch überrascht, ist der Stein, den die junge Frau in ihrer linken Hand hält. Es ist ein Mondstein, der wie ein echter Stein aussieht. Ich halte den Atem an und versuche, mich zu konzentrieren. Erst jetzt kann ich noch viel besser das ungeheure Talent des Künstlers ermessen. Popov war keiner Stilepoche oder Richtung zuzuordnen. Dieses Bild ist mit nichts zu vergleichen.

»Alle Achtung, du hast es tatsächlich geschafft. Du hast dein Meisterwerk geschaffen«, murmele ich leise.

Lange Stunden verweile ich vor dem Bild Mondsteinlicht. Julia, die unbemerkt den Raum verlassen hat, überlässt mich der Intimität dieser einzigartigen Begegnung von Künstler und Experte.

Erst Stunden später kommt Julia wieder ins Zimmer, stellt ein Tablett auf den Schreibtisch, zieht die Vorgänge auf und lässt das Licht durch das Fenster herein. Ein neuer Tag ist da und die Sterne bleiben im Bild. Ich strecke mich, setze mich ihr gegenüber und schenke ihr eine Tasse Tee ein. Wortlos sehen wir uns eine Weile an, bis ich schließlich die Stille breche.

»Was haben Sie mit dem Bild vor?«, möchte ich unbedingt wissen.

»Das hängt von Ihnen ab«, sagt sie, erhebt sich und verlässt den Raum. Ich bleibe in der Stille noch eine Weile allein. Ich weiß jetzt, dass das Bild, das ich die ganze Nacht untersucht habe, Ivan Popov die verdiente Anerkennung bringen würde. Mondsteinlicht würde dem Künstler einen angemessenen Platz unter seinen Zeitgenossen sichern. Die Uffizien in Florenz, das Prado in Madrid, das Musée d`Orsay in Paris, die Tate Gallery in London, das Metropolitan Museum in New York, das

Bridgestone Museum of Art in Tokio – alle würden fortan das Werk von Popov ausstellen wollen. Ich denke an David, der unbedingt für das Bild bieten würde, ziehe mein Smartphone aus der Tasche, wähle seine Nummer und hinterlasse eine Nachricht auf der Sprachbox.

»Ich bin es. Stehe vor diesem Bild, das wir so lange gesucht haben. Es übertrifft all meine Erwartungen und wird dich zum glücklichsten und meistbeneideten Auktionator machen«, beende ich die Nachricht, ohne zu merken, dass hinter mir Julia steht.

»Abgesehen von einem kleinen Detail«, sagt sie leise.

»Und das wäre?«, wende ich mich etwas überrascht zu ihr.

»Mein lieber Michael, Sie müssen wirklich unter Schock stehen, wenn Ihnen das nicht aufgefallen ist!« Die Ironie in ihrer Stimme trifft mich ins Herz. Ich stehe da wie gelähmt und verstehe nicht, wovon Julia spricht.

Sie streckt mir die Hand entgegen und führt mich zu dem Bild. Wir wechseln einen verwirrenden Blick und Julia verbirgt ihre Hände hinter dem Rücken, als wir gemeinsam vor die Staffelei treten.

Ich muss noch mal das Gemälde untersuchen, denke ich. Als ich bemerke, was ich übersehen habe, hebe ich das Bild von der Staffelei und betrachte sorgfältig die Rückseite. Erst jetzt werden mir die Folgen dieses Details bewusst. Ivan Popov hat sein letztes Bild nicht signiert! Wie eine Lawine überrollt mich die Enttäuschung, und mein Kopf fällt nach unten wie einen abgehackten Baum. Julias Wunsch, mich zu trösten, äußert sie gleich.

»Nun machen Sie sich jetzt keine Vorwürfe. Sie sind nicht der Erste, dem er diesen üblen Streich gespielt hat. Auch Sir Thomas ist es nicht gleich aufgefallen. Wie Sie war auch er niedergeschmettert. Kommen Sie, ich denke, ein bisschen frische Luft wird Ihnen guttun«, sagt Julia und legt ihre Hand auf meine Schultern.

Später fährt sie mit der Geschichte des Malers und seinem Galeristen fort, während wir langsam durch den Park spazieren. Popov ist seiner Krankheit erlegen, kurz nachdem er das Bild Mondsteinlicht fertiggestellt hat. Sir Thomas hat sich nie mehr von dem Tod seines Freundes erholt. Vom Schmerz und Zorn betroffen, setzte er seine Reputation aufs Spiel und erklärte, dass das letzte Werk von Ivan Popov eines der bedeutendsten des Jahrhunderts sei. Es würde eine Aufsehen erregende Auktion veranstaltet, bei dem das Bild präsentiert werden sollte. Aus der ganzen Welt eilten die großen Sammler herbei. Am Vortag der geplanten Auktion holte er das Werk aus dem Safe. Als er feststellte, dass es nicht signiert war, war es bereits zu spät. Alles richtete sich jetzt gegen das Werk seines Freundes. Die Händler und Kritiker nutzten die Gelegenheit, um ihn anzugreifen. Sir Thomas wurde vorgeworfen, eine Fälschung präsentiert zu haben. Ruiniert gab er seine Besitztümer in England auf und verließ seine Heimat. Er wanderte mit seiner Frau und seiner Tochter nach Ungarn aus und starb einige Jahre später.

»Woher wissen Sie das alles?«, frage ich verlegen.

»Sie haben noch nicht verstanden, wo Sie sich befinden, Michael!«, bricht Julia in ihr herzliches Lachen aus.

»Sie sind im Herrenhaus auf dem Lande von Sir Thomas. Hier hat Popov die letzten Jahre seines Lebens verbracht.«

Plötzlich ist alles anders, wie von einem anderen Licht beleuchtet. Ich ahne, wo Popov seine Staffel aufgestellt hat, um seine Bilder zu malen, sehe dieselbe Landschaft, die auf einem der Gemälde dargestellt wurde. Es hing in einem Museum in England. Später erkenne ich den Zaun und den Hügel, der auf dem Bild etwas höher war als in Wirklichkeit. Das kann nur eins bedeuten – der Maler hat im Sitzen gemalt. Den Rest des Tages bin ich in dem kleinen Raum, in dem das letzte Bild aufgestellt ist.

Am Abend treffe ich Julia in der Küche an. Leise lehne ich mich an den Türrahmen und beobachte sie, wie schön sie ist. Mir fallen jetzt die kleinsten Gesten und Bewegungen, die sie macht, auf und ich habe das Gefühl, ich lese in ihrer Seele wie in einem offenen Buch. Das Buch des Lebens.

»Es ist merkwürdig, aber Sie verschränken die Hände im Rücken, wenn sie über etwas nachdenken. Wie ich. Bereitet Ihnen irgendetwas Schwierigkeiten?«, spreche ich meine Vermutungen aus und führe weiter.

»Ich möchte Sie zum Essen einladen. Könnte ich bei der Gelegenheit meine Fahrkünste verbessern?

101

Hier in der Nähe muss ein kleines Landgasthaus sein, außerdem habe ich einen Bärenhunger. Sie nicht?«

»Ich sterbe vor Hunger!«, sagt sie und wirft die Teelöffel, die sie gerade in der Hand hält, ins Spülbecken, »bin gleich fertig, ziehe mich noch schnell um.«

Ich wähle Davids Nummer in der Zeit und stelle fest, dass der Akku des Smartphones leer ist.

In der Eingangstür erscheint Julia schneller, als ich dachte.

»Ich bin soweit«, ruft sie lächelnd.

Julia versteckt ihr schönes Haar unter dem schönen orangefarbenen Schal, damit der Wind es nicht erreichen kann. Sie sieht elegant aus und ich frage mich, wie lange der heutige Tag dauern wird. Mein Herz ist erfüllt und vollständig. Nur muss ich David auf schnellstem Wege mitteilen, dass das Bild Mondsteinlicht nicht signiert ist. Damit erspare ich ihm die Schwierigkeiten, die auf ihn zukommen können. Es muss einen Weg geben, um dieses Bild zu authentifizieren, da es sich vom übrigen Werk des mutmaßlichen Urhebers erheblich unterscheidet. Nur so kann ich David helfen. Schließlich ist er mein Freund und Kollege.

Eine fehlende Signatur würde in der Fachwelt viel bedeuten und viele Fragen aufwerfen. Als allererstes muss ich herausfinden, warum der Künstler sein holografisches Werk nicht signiert hat.

Wären die psychologischen Gründe, dass er nie eine Frau darstellen wollte und gegen bestimmte

Darstellungsregeln verstoßen hat, als Erklärung für die fehlende Unterschrift genug? Wenn das die einzigen Gründe sind, warum hat er dieses Spiel mit dem Experten angefangen?

»Warum hast du das getan?«, denke ich laut.

»Das ist auch die Frage, die ich mir immer wieder stelle«, sagt Julia und schaut zum Kerzenlicht in der kleinen Wirtschaft, wo wir beide uns eingefunden haben. Das Licht spielt sein wunderbares Spiel in Julias Zügen. Ich kann dem Wunsch nicht widerstehen, sie anzusehen. Ich kann sie ewig ansehen.

»Sie können meine Gedanken lesen?«, frage ich.

»Ihre Lippen haben die Worte geformt, ohne dass Sie sich dessen bewusst waren.«

»Das Bild wird heftige Kontroversen auslösen, wenn es ohne Signatur ist. Wir müssen konkrete Anhaltspunkte finden, die Popovs Urheberschaft beweisen«, lege ich meine Vorgehensweise dar.

»Wo möchten Sie anfangen?«

»Mit der Komposition des Bildes. Außerdem muss ich die holografischen Elemente und die Herkunft der Farbpigmente feststellen, um sie mit denen bei den anderen Gemälden verwendeten zu vergleichen. Das wäre ein erster Schritt. Damit würden wir die ersten Indizien erhalten«, erläutere ich näher meine Schritte und beobachte sie weiter. Ihre Hände liegen so nah beinander, dass nur wenige Zentimeter gereicht hätten, um die Angst zu überwinden und das Beste daraus zu machen. Was passiert mit mir? Wieso zögere ich und mache es nicht einfach?

Auf dem Landsitz zurückgekommen, beziehe ich eines der Gästezimmer. Das Bett ist mit einem Baldachin aus natürlichem, leichten grünen Stoff überdacht. Die Reisetasche landet auf einem dunkelbraunen Sessel. Ich trete an eines der drei Fenster, die zu dem Park hinausgehen, atme tief den Duft der Brise ein und fröstele. Danach gehe ich ins Bad.

Julia kommt den Flur entlang, hält kurz vor der Tür mit rasenden Herzschlägen und begibt sich dann schnell in ihr Zimmer am Ende des Gangs. Mein Herzenswunsch passt nicht in diesen Moment, denkt sie.

Kapitel 9

Am nächsten Morgen wache ich früh auf. Der Geruch von Holzfeuer lockt mich in die Küche. Julia hat recht, es ist eiskalt. Auf dem großen Tisch sehe ich zwei Teetassen und einen leeren Brotkorb. Ich mache Feuer im Kamin, setze mich kurz hin, schreibe eine Whats App Nachricht und trete durch die Hintertür nach draußen. Der Park scheint noch zu schlafen. Ich fülle meine Lungen mit frischer Luft und genieße diese Zeit, in der zwei unterschiedliche Lichter miteinander verschmelzen, um das Wunder des neuen Tages zu manifestieren. Es ist wie bei der Holografie. Nichts bewegt sich, weder die Äste noch die Kletterrosen an der Hauswand und ich höre nur die eigenen Schritte, steige in das Auto und fahre weg. Im Rückspiegel wird das Herrenhaus immer kleiner.

In dem Augenblick tritt Julia an das Fenster ihres Zimmers.

Am Flughafen Heathrow gebe ich den Wagen ab und nehme den Bus, der mich zu dem Schalter der Fluggesellschaft Alitalia bringt. Die Maschine nach Florenz startet in weniger als zwei Stunden. Da ich mein Regenmantel vergessen habe, bummele ich durch den Bereich der Boutiquen, um einen zu kaufen.

Unten in der Küche setzt Julia Teewasser auf und lehnt sich an den Tisch. Die Frau, die jeden Tag frische Brötchen bringt, hat auch eine Tageszeitung gebracht. Sie legt die Zeitung beiseite und schaut zu ihrem Display, wo die Zahl 1 blinkt. Die Nachricht ist von ihm. Wie höflich.

Guten Morgen Julia,
ich bin auf dem Weg nach Florenz, auf den Spuren unseres Künstlers und wollte mit Ihnen einige Gedanken teilen, die in dem ersten Moment des Erwachens präsent waren. Ich glaube, es hat in dem Moment begonnen, als ich Ihnen zum ersten Mal begegnet bin. Wissen Sie immer noch, wo es war?
Ich rufe Sie heute Abend an und wünsche Ihnen einen wunderschönen Tag, den ich gerne in Ihrer Nähe verbracht hätte. Ihre Gegenwart wird mir fehlen.

LG Michael

Wie höflich von ihm. Ich werde ihm fehlen, denkt Julia. Wie leicht ist es, sich auf den Weg zu machen, ohne vorher Bescheid zu sagen. Julia steht auf, steckt ihr Handy in die Tasche ihres Mantels. Die Emotionen in ihrem Herzen tanzen wie verrückt. Sie holt tief Luft, betrachtet kurz das Feuer, hebt die Hände hoch und ein Schrei der Freude ertönt in der Küche. Die Haushälterin erscheint besorgt an der Tür.

»Haben Sie mich gerufen, Ms Julia?«

»Nein, Emma, es muss der Teekessel gewesen sein«, will Julia ihre Gefühlswirbel verstecken und dreht sich mehrmals um sich selbst, ohne es zu bemerken.

»So wird es sein, Ms Julia«, bestätigt Emma und eilt zum Gasherd, um ihn auszuschalten.

»Emma, würden Sie einen Blumenstrauß ins Gästezimmer stellen und frisches Brot bringen?«, spricht sie ihren Wunsch aus. Als sie im Flur ist, springt sie vor Freude hoch und geht schnell den ersten Stock hinauf. Später biegt ihr Auto auf die Landstraße ein und bald ist sie auf dem Weg nach London. Dort trifft sie sich mit einem Auktionator und seinem Experten. Sie teilt den Konkurrenten von Michael und David mit, dass sie und Mister Clemens ihre Wahl getroffen haben. Bevor sie die Tür der Galerie schließt, betrachtet sie die Reproduktion, die die toskanische Landschaft darstellt und spürt, wie ihre Gedanken über den Dächern von Florenz und Michael schweben. Eine Stunde später öffnet sie die Tür ihrer kleinen Wohnung in London, macht kein Licht an, zieht die Schuhe aus und schleicht ins dunkle Zimmer. Unbewusst streicheln ihre Fingerspitzen über die Eingangstür, über die Rückenlehne des Sofas und die Stehlampe. Sie tritt langsam ans Fenster, betrachtet kurz die menschenleere Straße und zieht sich aus. Die gelbe Wolldecke legt sie sich um die nackten Schultern und kuschelt sich hinein. Ihr Blick auf dem Display zeigt die gleiche Nachricht von morgen.

Ich erledige die geplanten Treffen, verlasse das Hotel in Florenz sehr früh am nächsten Morgen und fliege mit dem ersten Flug nach London. Sobald die Maschine landet, fühle ich mich wie von einer Gefahr erfasst. Ich passiere schnell den Zoll und gehe zügig nach draußen. Als ich die lange Schlange am

Taxistand sehe, wird mir klar, dass ich den Schnellzug nehmen muss. Der Heathrow Express erreicht das Zentrum von London in einer Viertelstunde. Wenn ich den nächsten Zug erreichen möchte, könnte ich sie bald sehen. Ich laufe nach unten bis zur Rolltreppe, die scheinbar ins Innerste der Erde hinab taucht. Außer Atem springe ich zwei Stufen auf einmal, renne auf dem glatten Marmorfußboden um eine Kurve und gelange in einen Korridor. Elektronische Tafeln an der Decke kündigen an, dass der nächste Zug nach London in zwei Minuten und dreiundzwanzig Sekunden abfahren wird.

Ich laufe schneller, um den Bahnsteig in Sicht zu bekommen.

Der Korridor scheint kein Ende zu nehmen. Sekunden vor der Abfahrt ertönt ein langes Klingeln.

Ich ringe nach Luft.

Ein Signal ertönt, und die Türen schließen sich.

Ich strecke die Arme vor und mit letzter Kraft springe ich in den Wagen, bevor sich der Express in Bewegung setzt. Während der Fahrt versuche ich, meinen Atem zu beruhigen. Ich brauche meine Kräfte noch, bevor ich sie sehe.

Es wird mir klar, ich will sie sofort sehen.

An der Paddington Station springe ich aus dem Zug und renne zu einem Taxi. Zehn Minuten nach neun Uhr betrete ich das kleine Café gegenüber der Galerie. Ich erinnere mich, wie Julia gesagt hat, dass man sich Zeit nehmen muss, um den anderen genau anzusehen und seine Gewohnheiten lieben zu lernen. Ich sehe, dass Mister Clemens bereits da ist, die

Galerie ist offen. Julia könnte in wenigen Minuten hier eintreffen. Als ich sie sehe, hämmert mein Herz wie verrückt.

In die Zeitung vertieft, tritt sie an die Theke, bestellt wie gewöhnlich einen Cappuccino und legt, ohne den Blick zu heben, eine Münze neben die Kasse. Dann nimmt sie ihren Becher und setzt sich vor eines der Fenster. Ich wünsche mir, dass sie mich endlich sieht. Mein Blick folgt jede ihrer Bewegung. Jetzt wird sie ihren Becher an den Mund heben und es wird diese weiße Spur auf ihren Mund als Wolke landen. Julia hebt ihren Becher an den Mund. Ich halte ein Taschentuch bereit und schiebe es in ihr Blickfeld. Sie fährt den Mund herum und macht eine Bewegung, als sie mich in die Arme nehmen will. Stattdessen setzt sie sich gleich wieder auf ihren Hocker und versucht, ihre Verlegenheit hinter der Kaffeetasse zu verbergen.

»Hi, ich habe gute Nachrichten«, verwandele ich schnell meine Enttäuschung und möchte ihre Hände in meine nehmen.

»Lassen Sie uns in die Galerie gehen, Michael«, fordert sie mich auf und mein von ihr ausgesprochener Name versteckt die gleiche Sehnsucht, die ich in meinem Herzen trage.

In der Galerie angekommen, berichte ich alle Einzelheiten meiner Italienreise.

»Ich verstehe es nicht. In seinem Briefwechsel berichtet Sir Thomas einem Kunden, dass er Ivan Popov nach Florenz geschickt hatte. Warum sollte er gelogen haben?«, stellt Julia meine Fragen.

109

»Das frage ich mich auch, Julia«, spreche ich mit Freude ihren Namen aus. Sie hebt ihren Kopf, schaut mir in die Augen und fährt weiter fort.

»Wann können wir den Vergleich zwischen den mitgebrachten Mustern und den Farben auf dem Bild vornehmen?«

»Ich muss David anrufen, damit er mich bei einem Labor in England empfiehlt.« Ich schaue auf die Uhr und hoffe, dass David schon wach ist.

»Nervensäge, wer ist da?«, fragt er genervt und legt auf. Typisch David, denke ich und rufe wenige Sekunden später noch mal an. Julia verfolgt schmunzelnd meinen Versuch, mit David zu sprechen.

»Wer immer Sie sind, Sie haben soeben einen guten Freund verloren!«, brüllt David.

»Ich bin es«, lasse ich meine Stimme ruhig klingen.

»Weißt du, wie spät ist es? Außerdem ist Sonntag. Hast du kein Taktgefühl?«, tobt er weiter.

»Dienstag, David. Heute ist Dienstag«, hole ich ihn in der Realität.

»Verdammt. Wie die Zeit vergeht!«

Ich erkläre ihm, was ich benötige.

David schubst die schlafende Frau an seiner Seite an und flüstert Susanne ins Ohr, sie solle sich schnell fertig machen, er sei in Eile. Susanne steht auf, David hält sie am Arm und drückt ihr einen zärtlichen Kuss auf die Schulter.

»Wenn du in zehn Minuten fertig bist, setze ich dich bei dir zu Hause ab«, höre ich und ich weiß, dass seine die Nacht begleitende Schönheit keine guten Karten für den Tag hat.

»Hörst du mir zu?«, frage ich aufgeregt.

»Kannst du noch mal wiederholen, was du eben gesagt hast? Es ist sehr früh. Mein Gehirn schläft noch.«

Ich bitte ihn noch mal, er möge mich bei einem englischen Labor empfehlen.

»Wenn du das Bild mit Strahlen untersuchen lassen möchtest, kannst du einen Freund von mir kontaktieren. Sein Labor ist in der Nähe deines Hotels«, klingt er wacher.

Ich kritzele schnell die Adresse auf einen Zettel und stecke diesen in meine Hosentasche.

»Was die organische und holografische Analyse betrifft, lass mich vorher ein paar Telefonate führen«, fährt David weiter.

»Du hast einen Tag, doch ich möchte dich daran erinnern, dass für dich die Zeit knapp wird.«

»Danke, dass du mich daran erinnerst. Ich wusste doch, dass mir etwas entfallen war!«, beruhigt er mich.

David hat fast alle Artikel fotokopiert, die in den Jahren, als Popov in England gelebt hat, über ihn veröffentlicht worden waren. Sobald er mit seinen Anrufen fertig ist, würde er eine Zusammenfassung schreiben für die Zeit, in der das Bild verschwunden gewesen ist.

»Wir müssen herausfinden, warum das Bild verschwunden ist«, betone ich die Wichtigkeit unserer Schritte weiter.

»Es ist beruhigend zu hören. Wir sind seit fünfzehn Jahren auf den Spuren nach dieser

Information und in vierzehn Tagen wird es uns gelingen, dies zu klären«, erwidert David ironisch.

»Weißt du, was dein Freund von der Polizei immer sagte?«, erinnere ich ihn.

»Ich habe viele Freunde überall, etwas präziser, bitte.«

»Der Kommissar aus Hamburg!«

»Ah, Markus Ritter!«, bestätigt David.

»Du hast ihn mindestens tausendmal zitiert: Um die Spur eines Ereignisses zurückzuverfolgen, braucht man nur ein winziges Indiz.«

»Ich weiß, was du meinst. Ich rufe dich an, sobald ich die verschiedenen Untersuchungen organisiert habe«, sagt er und legt auf, bevor ich mich verabschieden kann. Julia mustert mich jetzt mit einem Blick, der ihre Neugier verrät.

Kapitel 10

Der Radiologe fragt mich nach den Maßen des Bildes, bittet um Geduld und kurz danach ist er wieder am Telefon. Er habe noch zwei Platten für die Untersuchung in der passenden Größe vorrätig. Wir vereinbaren einen Termin für den Nachmittag.

Julia und ich tauschen wissende Blick und verpacken schnell das Bild. Keiner von uns denkt an die schützende Lattenkiste und einen gesicherten Transport. Ein Taxi setzt uns in einer kleinen Gasse bei der Green Street ab. Ich klingele und eine Stimme aus der Sprechanlage bittet uns in den dritten Stock zu kommen.

Eine junge Frau öffnet die Tür und wir kommen in ein Wartezimmer. Kurz danach erscheint Dr. Samuel Krow in der geöffneten Tür und gibt uns diskret ein Zeichen.

»Nun zeigen Sie mir dieses Wunderwerk!«, fängt er sachlich an und führt uns in sein Sprechzimmer. Ich wickele das Bild aus und Dr. Krow, ein Freund von David und Liebhaber der Künste, hält seinen Atem an.

»David hat nicht übertrieben«, sagt er, hingerissen von der Schönheit des Gemäldes Mondsteinlicht.

»Ich werde David im Oktober in Frankfurt besuchen. Dort findet unser nächster Ärztekongress statt«, merkt er und kippt die Untersuchungsbank in die Horizontale. Ich helfe ihm aufgeregt, das Bild zu fixieren.

Routiniert schiebt Dr. Krow die Röntgenplatte in die Halterung, richtet den Strahlengenerator im rechten Winkel zu der Bildoberfläche ein und reicht uns zwei graue Schürzen zu unserem Schutz.

Wir müssen hinter der Glasscheibe zurückbleiben. Dr. Krow überprüft noch einmal seine Apparaturen, bevor er zu uns kommt, und drückt einen Knopf. Die Strahlen durchdringen alle Farb– und Lichtschichten des Bildes, um einige seiner Geheimnisse sichtbar zu machen.

»Ich mache eine zweite Aufnahme, damit wir sicher sind«, meint der Arzt und tauscht die Platte aus. Wir sitzen nebeneinander und ich spüre die Spannung, die uns umgibt. Noch ein paar Minuten und wir werden das Geheimnis wissen.

Nach zehn Minuten kommt Dr. Krow zurück, befestigt die Aufnahmen an dem Leuchtschirm und sie werden transparent. Ich halte den Atem an. Für jeden Experten und Restauratoren ist dies immer wieder ein unvergesslicher Augenblick. Die Aufnahmen offenbaren einen unsichtbaren Teil des Bildes, die mir wertvolle Hinweise auf die Art der Grundstruktur der Oberfläche geben würden. Ein Vergleich dieser Aufnahmen mit denen seiner anderen Gemälde könnte ein Beweis dafür sein, dass die Leinwand, auf der das Bild Mondsteinlicht gemalt worden war, dieselbe Struktur hat, wie die in England entstandenen Bilder. Ich betrachte die Aufnahme aus der Nähe, etwas scheint merkwürdig zu sein.

»Können Sie die Beleuchtung im Zimmer ausschalten?«, murmele ich wie im Traum.

»Dies sind die einzigen Aufnahmen, über die ich keinen Bericht schreiben muss«, merkt der Arzt und geht zum Lichtschalter. »Ich hoffe, die Qualität des Bildes sagt Ihnen zu.«

Der Raum taucht plötzlich ins Dunkel. Mein Herz beginnt schneller zu schlagen. Vor unseren erstaunten Augen erscheint zu beiden Seiten des Bildes eine Reihe von Anmerkungen, die mit einem Stift ausgeführt worden sind.

»Was möchte er uns sagen?«, murmele ich und mein ganzes Wesen ist wie ein Pfeil gespannt.

»Ich sehe nur eine Reihe von Ziffern und einige Großbuchstaben«, erwidert Julia.

»Ich auch. Wenn es mir gelingt, seine Schrift zu identifizieren, dann haben wir den Beweis«, murmele ich.

Dr. Krow steht hinter unserem Rücken. Ich nehme die Aufnahmen an mich, während Julia das Bild wieder in die Decken einwickelt, wir danken Dr. Krow herzlich und gehen nach draußen. Zurück in der Galerie wartet Herr Clemens gespannt auf uns.

»Na, habt ihr was?«, fragt er, nimmt das Bild und stellt es an den Leuchttisch, an dem man gewöhnlich Dias anschaut.

»Wir sind so nah dran.«, sagt Julia verlegen. Wir bleiben bis zum späten Abend da und untersuchen die Aufnahmen. Julia notiert jede einzelne von Popovs Anmerkungen in meinem Notizblock. Plötzlich fällt es zu Boden. Julia bückt sich, um es aufzuheben, und sucht die Seite, wo sie zuletzt geschrieben hat. Dabei fällt ihr Blick auf die Skizze eines Gesichtes einige Seiten vorher, die ihr Herz erschüttert. Als ich komme, schlägt sie den Block zu und legt ihn vorsichtig auf den Tisch.

Die Zahlen und die Buchstaben sind nicht ausreichend, um den Urheber des Gemäldes eindeutig zu bestimmen. Die Mühen des Tages haben sich gelohnt. Ich kann die Zusammensetzung der Leinwand analysieren. Sie war identisch mit der, die Sir Thomas zu ordern pflegte.

Es ist schon spät in der Nacht und Mister Clemens ist inzwischen gegangen. Wir beschließen, einen Spaziergang durch das Viertel zu machen.

»Ich wollte mich bei Ihnen bedanken, für alles, was Sie hier tun«, sagt Julia leise.

»Wir sind noch weit von unserem Ziel entfernt«, erwidere ich. »Außerdem muss ich Ihnen danken«, füge ich hinzu und merke, wie ich unruhig werde. Ich habe Julia versichert, dass noch andere Untersuchungen nötig sind, um eine professionelle Expertise zu erstellen. Sie bleibt stehen und sieht mich an. Der Lichtkegel der Laterne mit seinem Licht berührt ihr Gesicht. Ich habe das Gefühl, dass sie die richtigen Worte finden möchte. Schweigen ist vielleicht richtig in diesem Moment. Dann holt sie tief Luft, und wir setzen den Weg fort. Das Hotel sehe ich schon. Wir müssen uns dort trennen. Ich wünsche mir, dass sich die wenigen Schritte bis dorthin ewig ausdehnen würden. Plötzlich spüre ich, wie unserer beider Hände sich leicht streifen. Der kleine Finger von Julia hakt sich in meinem ein und die anderen umfingen einander. Es ist nur eine Hand. Es ist nur eine Berührung. Ich sehe mich in ihren Augen und verspüre einen unerklärten Schmerz. Während unsere Hände vereint sind, scheinen unseren Körper von jedem Alter befreit. Ich trete unbewusst noch einen Schritt näher. In diesem Moment nehme ich Julias Geruch wahr und möchte dort ertrinken. Für immer.

Als David die Tür seines Büros schließen will, klingelt das Telefon.

»Ich wollte gerade gehen«, sagt er, als er meine Stimme erkennt. Ich berichte ihm über die aktuellen Ergebnisse. Ich habe die Leinwand authentifiziert, es war mir bisher nicht möglich gewesen, die persönlichen Notizen, die der Künstler unter der Farbe versteckt hat, zu entschlüsseln. Ich brauche jetzt seine Hilfe. Die Analysen, die ich vornehmen möchte, erfordern technische Mittel und eine holografische Apparatur, über die nur wenige Privatlabore verfügen. Vielleicht hat er eine Idee, die mir weiterhelfen konnte.

David erzählt von einer Entdeckung, die er in den Archiven von London gemacht hat. Ein Zeitungsartikel vom Juni 1969 berichtet von einem Skandal während einer Versteigerung. Die Journalisten haben aber keine weiteren Erklärungen gegeben.

»Den Journalisten ging es eher darum, deinen Sir Thomas niederzumachen«, sagt David überzeugend.

»Ich habe gute Gründe für die Annahme gefunden, dass das Bild an diesem Tag gestohlen wurde«, sage ich.

»Von Sir Thomas?«, wundert sich David.

»Nein, nicht er hat das Gemälde unter einer Decke versteckt, David.«

»Hörst du mal bitte auf, in Rätsel zu reden?«, bat David.

»Es ist etwas kompliziert«, sage ich und verspüre, wie ich keine Lust auf eine ausführliche Erklärung habe. Vor meinem inneren Auge steht Julia, und alles andere scheint mir im Moment unwichtig zu sein.

»Ein Diebstahl wäre nicht in seinem Interesse gewesen. Der Wert der Sammlung hätte sich erheblich erhöht«, bohrt David weiter.

»Das Vermögen, das er zu besitzen vorgab, war längst aufgebracht, David«, versichere ich ihm.

»Ist deine Quelle zuverlässig?«, fragt er neugierig.

»Ich glaube nicht, dass du jetzt Lust hast, die ganze Geschichte zu hören. Sir Thomas war nicht der Gentleman, als den wir ihn ansehen«, füge ich hinzu.

»Du könntest recht haben, Michael. Ein Artikel berichtet, dass die Leute sein Londoner Haus am Abend der Auktion geplündert haben. Die Polizei konnte verhindern, dass das Haus angezündet wurde. Seit dieser Zeit ist Sir Thomas verschwunden.«

David berichtet, wie er am Vortag die Archive des Hamburger Hafens aufgesucht hat. Er hat die Listen der Passagiere durchgelesen, die zu dieser Zeit aus England eingewandert sind. Eine Brigg, die aus Manchester kam, hatte in London einen Zwischenstopp eingelegt, bevor sie nach Hamburg weiterreiste. Die Reisedaten stimmten möglicherweise mit denen von Sir Thomas überein.

118

»Ich habe die Liste dreimal überprüft und habe dabei etwas Amüsantes entdeckt, Michael. Eine Familie, die sich unter dem Namen Wanter ins Einwanderungsregister der Stadt eingetragen hatte, war an Bord.«

»Was ist daran amüsant, David?«, wundere ich mich und kritzel den Namen auf ein Blatt Papier.

»Es ist doch rührend, wenn du manchmal sagst, seine Ursprünge oder Verwandten aufzuspüren zu wollen. Bis auf einen Buchstaben stimmt der Name überein mit dem Mädchennamen Winter deiner zukünftigen Frau!«, sagt David stolz.

Der Bleistift, den ich in der Hand halte, bricht ab. Es folgt ein langes Schweigen. Ich höre, wie David mehrmals meinen Namen ruft und danach auflegt. Seine Gedanken kreisen um die Frage, woher Michael wissen konnte, dass das Bild in einer Wolldecke eingewickelt gewesen war.

Am nächsten Tag nach Mittag verlassen wir mit Julia zusammen London. David hat einen Termin am Abend mit seiner Kontaktperson in Paris ausgemacht. Das Bild kann nicht unter besonderen Schutzmaßnahmen transportiert werden, solange die Urheberrechte nicht geklärt sind. Das ist auch wegen der Kürze der Zeit schwierig. Julia hat das Bild in eine Wolldecke gewickelt und mit einer Hülle geschützt.

Auf der Rolltreppe im London City Airport stehe ich hinter Julia und bewundere ihre Silhouette. Sie ist so zerbrechlich und gleichzeitig entschlossen, die Sache zu Ende zu bringen. Wie elegant sie mit ihrem mandelfarbenen Mantel und dem leichten Seidenschal, der in allen Regenbogenfarben glänzt, wirkt. Ihre lange Haare kann ich fast berühren. Ein paar Minuten später warten wir in der Cafeteria auf den Abflug. Ich gehe an die Bar, um Julia etwas zu trinken zu holen. An der Theke lehnend, denke ich an David, dann an Popov, und schließlich frage ich mich, was ich mit der Zeit gewinnen kann. Immer noch nachdenklich setze ich mich an den Tisch und schaue Julia an.

»Ich würde Ihnen gerne ein paar Fragen stellen, aber Sie müssen sie mir nicht beantworten«, sage ich leise.

»Fangen Sie doch mit der ersten Frage an!«, sagt sie lächelnd, und hebt ihr Glas an die Lippen.

»Wie sind Sie an diese Bilder gekommen, Julia?«, möchte ich zuerst wissen.

»Die Bilder hingen an den Wänden, als mein Großvater den Landsitz gekauft hat. Das Bild Mondsteinlicht habe ich selber gefunden.«

Dann erzählt Julia, wie sie diese Entdeckung gemacht hat. Vor ein paar Jahren hat sie sich entschieden, das Dachgeschoss des Landsitzes auszubauen. Da das Dach unter Denkschutz stand, musste sie lange auf die Genehmigung warten. Sie bekam eine Absage und beschloss, ihren Plan aufzugeben. Das Knarren des alten Fußbodens machte ihr zu schaffen. Ein Nachbar, der Zimmermann ist, half ihr. Eines Tages rief er sie, weil er ihr etwas zeigen wollte. Er hatte zwischen zwei Stützbalken einen versteckten Holzkasten von je einem Meter Länge und Breite gefunden. Von einer dunkelblauen Decke geschützt, taucht das Bild Mondsteinlicht aus der Vergangenheit auf. Julia wusste sofort, wer der Maler war.

Eine Ansage der Lautsprecher unterbricht Julia. Das Flugzeug ist zum Einsteigen bereit. Nachdenklich eile ich Julia nach, die zum Gate Nummer 4 steuert. Nach fünfundvierzig Minuten Flug erreichen wir Paris. Den französischen Zoll passieren wir ohne Schwierigkeiten, dank der Zertifikate der Galerie. Ich habe eine Suite in einem Hotel in der Avenue Bugeaud reserviert. Julia stellt ihr Gepäck ab und verstaut das Bild im Tresor. Am Abend treffen wir uns mit Ana Coper, eine der renommiertesten Mitarbeiterinnen des Restaurierungs- und Forschungszentrums der französischen Museen in Paris. Wir finden einen abgelegenen Tisch in der Hotelbar, der sich unter einer Wendeltreppe befindet. Ana hört uns konzentriert zu und begleitet uns dann in den kleinen Salon, der die Zimmer ihrer Suite trennt. Julia öffnet langsam die Hülle, wickelt das Bild aus der Decke und stellt es auf das Fensterbrett.

»Es ist wunderbar, die Farben sind genial«, murmelt Ana in Französisch. Sie untersucht das Gemälde neugierig und nimmt seufzend in einem Sessel Platz.

»Es tut mir leid, aber ich kann Ihnen nicht helfen. Ich habe es David gestern am Telefon erklärt. Wir arbeiten für Privatpersonen und die Laboratorien beschäftigen sich nur mit Werken, die für französische Museen interessant sein könnten« ergänzt sie.

121

»Ich verstehe«, sage ich leise.

»Ich aber nicht«, protestiert Julia. »Wir kommen aus London hierher, uns bleiben nur noch zwei Wochen, um die Echtheit des Bildes zu beweisen. Und sie verfügen über die dafür nötigen Mittel.«

»Wir haben nichts mit dem Markt zu tun«, erwidert Ana Coper.

»Aber hier geht es um Kunst, nicht um den Markt«, fährt Julia energisch fort.

»Julia hat recht, ich bin Kunstexperte, kein Händler«, werfe ich ein.

»Ich weiß, wer Sie sind, Mister Wagner. Ich kenne Sie, ich habe in Amerika sogar einen Ihrer Vorträge gehört. Dort habe ich auch David kennengelernt, ich hatte kein Glück, Sie zu treffen. Sie waren bereits abgereist.«

Ana Coper erhebt sich und reicht Julia die Hand.

»Ich freue mich, dass ich Sie kennengelernt habe«, sagt sie zu mir und verlässt den Raum.

»Was machen wir jetzt?«, fragt Julia fassungslos.

»Da ich keine Geräte zur Verfügung habe, um die Analyse selber zu machen, machen wir einen Spaziergang durch Paris. Ich habe eine Idee, wohin wir gehen könnten«, schlage ich in der Hoffnung vor, dass sie meinen Vorschlag annimmt. Es ist ein sonniger Tag. Auf der anderen Seite der Seine spiegelt sich der Eiffelturm im ruhigen Wasser des Flusses. Wir gehen schweigend den Kai entlang. Unsere Schritte haben eine Synchronizität, die ich sofort wahrnehme. Ich will Julia umarmen und ihr über mich erzählen. Darüber, wie mein Herz schneller

122

schlägt, wenn ich mit ihr zusammen bin. Feige, einfach feige, sage ich mir.

»Wenn wir in Deutschland sind, gehen wir dann an der Promenade spazieren?«, fragt Julia, »egal welche?«

»Das verspreche ich Ihnen«, sage ich leise und spüre, wie ich gefangen in meiner Unsicherheit bin.

In derselben Zeit steht Clara vor ihrer Staffelei und nimmt die letzten Korrekturen an einem Bild vor. Eine Reihe von Piepstönen ertönt im Raum. Sie stellt den Pinsel in einen Tontopf und setzt sich an den Schreibtisch, der unter dem Fenster am Ende des Ateliers stand. Sie tippt ihr Passwort in den Computer ein, schiebt eine Karte ins Laufwerk und sogleich erscheinen mehrere Digitalfotos auf dem Bildschirm. Das erste Foto ist von der Straße her aufgenommen und zeigt Michael und Julia in der Galerie, wie sie ein Gemälde betrachten. Clara ballt langsam ihre Faust zusammen. Auf dem zweiten Foto spazieren beide durch den Garten eines englischen Landsitzes, auf dem dritten Foto war die kleine Straße durch den schwachen Schein den Straßenlaternen nur wenig erleuchtet. Der Blick, den die beiden wechseln, ist eindeutig. Das vierte Foto zeigt beide am Fenster eines Cafés. Auf dem letzten Foto kann man Michael an der Theke der Flughafen–Cafeteria erkennen, während Julia an einem Tisch sitzt. Man erkennt sogar die Namen der Fluggesellschaft durch die Glasfront. Auf dem Bildschirm baut sich eine neue Serie von Fotos auf. Clara betrachtet sie mit zunehmendem Zorn. Das letzte Foto zeigt, wie sie in

123

ein Taxi steigen. Die Uhrzeit der Aufnahme ist eingeblendet – 21.28 Uhr. Claras Faust hat wie bei einem Sturm den Stift und das Wasserglas zu Boden geschmettert. Das Glas zerbricht und die Wassertropfen fühlen sich wie kleine blutige Tränen, die den Boden schmücken.

»Sie sind perfekt!«, meldet sich eine Stimme aus dem Lautsprecher, »findest du nicht?«

»Ja«, murmelt Clara immer noch wütend auf ihren Verlobten. »Diese Sache nimmt langsam Form an«, bestätigt sie.

»Die Sache entwickelt sich nicht im gewünschten Tempo. Ich habe dir schon gesagt, dass der Typ langsam ist.«

»Theresa, hör auf!«, ruft Clara ungeduldig.

»Schon gut, das ist deine Meinung«, fährt die Stimme am anderen Ende der Leitung fort. »Trotzdem haben wir noch weniger als drei Wochen, um unser Ziel zu erreichen. Sie dürfen auf keinen Fall aufgeben. Ich glaube, die beiden brauchen ein wenig Unterstützung«, die Stimme klingt entschlossen und Clara spürt, wie sie neugierig wird.

»Was hast du vor, Theresa?«, fragt Clara.

»In Frankreich habe ich ein paar Verbindungen zu den richtigen Menschen. Mehr brauchst du nicht zu wissen. Gehen wir morgen zusammen essen?«, schlägt die Frauenstimme vor.

»Ja«, beendet Clara das Gespräch.

Ihre Gesprächspartnerin legt auch auf. Ihre Augen leuchten wie ein Tiger, der auf der Jagd seine Beute gefunden hat.

Der zunehmende Mond steht hoch im Himmel. Neben mir ist Julia und trotzdem kann ich mich nicht richtig darauf freuen. »Michael, haben Sie Sorgen?«, fragt sie und schaut beunruhigend zu mir.

»Die Zeit läuft und ich habe keine Ahnung, wie ich in so kurzer Zeit das Urheberrecht des Bildes beweisen soll, Julia.«

»Aber Sie glauben, dass das Bild von ihm ist!«

»Ja, ich bin sicher!«, höre ich meine Stimme.

»Reicht das nicht?«, fragt sie mich direkt.

»Ich muss Davids Partnern Garantien geben. Es geht hier um Millionen von Euro. Also brauche ich stichhaltige Beweise. Dafür muss ich unbedingt die nötigen Untersuchungen durchführen.«

»Was wollen Sie tun, Michael, wenn uns die Laboratorien in Paris nicht helfen?«, fragt sie.

»Ich arbeite mit Privatfirmen zusammen, aber sie sind so überlastet, dass man Monate vorher einen Termin ausmachen muss.«

Wenn ich das Urheberrecht beweisen könnte, würde auch David aus einer prekären Situation befreit werden und Ivan Popov endlich zu seiner Anerkennung kommen. Wie kann ich das Phänomen begreifen, das mich jetzt daran hindert, Julia in die Arme zu nehmen? Clara und meine Verlobung mit ihr? Verdammt. Was mache ich hier? Ich spüre, wie meine Hand sich Julia nähert und ihre Wange zärtlich streichelt. Wie ein Hauch von Frühling, wenn sich die Natur entfaltet und ihre Schönheit zeigt.

»Wenn Sie wüssten, wie gerne ich es tun würde«, schaue ich in ihre Augen. Sie wendet sich dem Fluss zu. Eine leichte Brise spielt mit ihren Haaren, die ich so gern streicheln möchte.

»Ich auch«, murmelt sie mit dem Blick auf die Seine gerichtet. Es ist ein magischer Moment, denke ich. Es ist ein Geschenk für mich, dieses Gefühl zu Julia. Wieso bin ich dann so versteinert und kann mich nicht darauf einlassen?

Mein Telefon klingelt. Ich nehme automatisch das Gespräch an. Die Stimme von Ana Coper erklingt.

»Ich weiß nicht, wie Sie es geschafft haben, Mister Wagner. Sie scheinen über exzellente Beziehungen zu verfügen. Der Eingang befindet sich an der Porte des Lions im Louvre–Hof. Ich erwarte Sie morgen früh im Labor. Seien Sie um viertel nach sieben dort«, sagt sie und legt auf. Ich stehe da, wie vom Blitz getroffen.

»Was ist los, Michael?«, will Julia wissen.

»Wir haben morgen früh einen Termin mit Ana Coper«, sage ich und umarme sie.

Am nächsten Morgen erwartet uns Ana hinter der gläsernen Sicherheitstür des Labors. Sie öffnet schnell die Tür mit ihrer Personalkarte. Ich begrüße sie und bedanke mich. Sie bittet uns beide, ihr zu folgen. In der beeindruckenden modernen Einrichtung beschäftigen sie mehrere Angestellte in den verschiedenen Abteilungen des Museums. Die modernsten Technologien werden hier eingesetzt, um die großen Werke der Zivilisation zu erforschen und zu analysieren, zu restaurieren und zu klassifizieren. Ich weiß, dass die Abteilungen mit verschiedenen französischen und internationalen Partnern

126

zusammenarbeiten. Der Leiter der Abteilung Gemälde erwartet uns am Ende des Flurs. Seine Personalkarte öffnet die schwere Eingangstür zum Analysezentrum. Riesige Räume, in denen zahlreiche Computerbildschirme ihr grünliches Licht durch die Glaswände verbreiten. Ein Raum, in dem eine riesige Fotokamera auf Schienen montiert ist, öffnet sich. Ein Mitarbeiter nimmt Popovs Gemälde in Augenschein. Der Techniker, der das Gemälde aufnehmen soll, leuchtet das Gemälde aus. Mondsteinlicht wird mit direkter Beleuchtung, dann mit Ultraviolett– und schließlich mit Infrarotstrahlen aufgenommen. Ich sehe, wie Julia voller Konzentration die Vorgänge der Untersuchung verfolgt.

Dank der digitalen Technik werden tiefer liegende Schichten, Änderungen oder im Laufe der Jahre vorgenommene Restaurierungen sichtbar gemacht. Um die Geheimnisse des Gemäldes zu ergründen, trennt man zunächst die Elemente. Während der nächsten Stunden werden verschiedene Mikroentnahmen vorgenommen. Dann werden die Proben, so klein wie ein Stecknadelkopf per Gaschromatographie analysiert. Die zahlreichen verschiedenen Moleküle, aus denen die Farbe besteht, werden isoliert. Sobald die ersten Ergebnisse da sind, nimmt der Leiter der Gruppe alles in seinen Computer auf. Der Drucker spuckt eine ganze Menge von Daten und Grafiken aus. Ein Mitarbeiter beginnt dann sofort mit Vergleichen, um eine eigene Referenzbasis zu schaffen. Das wissenschaftliche Team vergrößert sich ständig. Es wird die Farbmessung analysiert und die Malschichten identifiziert, die die dimensionalen Besonderheiten des Gemäldes darstellen. Der Leiter liest zweimal das Ergebnis durch, dann reicht er Ana Coper das Blatt. Die beiden sehen sich verwundert an. Plötzlich flüstert ihm Ana etwas zu. Er greift zum Telefon, fragt jemanden etwas und nimmt mich und Julia beim Arm. Wir gehen alle durch eine Sicherheitstür und kommen in einen Teil des Gebäudes, in dem labyrinthähnliche Flure aus Beton folgen.

»Auf diese Art sind die Atome bei uns geschützt«, erklärt der Leiter der Abteilung. Wir betreten einen großen Raum, in dem ein Teilchenbeschleuniger steht. Dieser ist der einzige dieser Art in der Welt, der ausschließlich der Untersuchung des kulturellen Erbes vorbehalten ist. Julia und ich nehmen in einem Nebenraum vor einem Bildschirm Platz. In der Zeit studiert der Abteilungsleiter die Unterlagen, die vor ihm liegen. Wir sind so nervös und sehen wie ein Elternpaar aus, das auf die Diagnose des Kinderarztes wartet. Das, was wir hören, klingt erstaunlich. Die natürlichen Materialien, die Ivan Popov benutzt hat, waren unterschiedlich: Öle, Wachse, Harze, Pigmente von unglaublicher, chemischer Komplexität. Der Techniker des Louvre macht keine sicheren Aussagen über die Zusammensetzung der farblichen Pigmente. Der leuchtende Farbton, der die Dimensionen verursacht, ist beeindruckend. Es scheint, dass das Gemälde nie restauriert worden ist. In mir wallt sich ein Sturm auf, trotzdem schweige ich.

»Ich weiß nicht, was ich Ihnen sagen soll«, sagt der Abteilungsleiter. »Wenn wir nicht alle von Popovs

Technik beeindruckt wären, würden wir zu dem Schluss kommen, dass es sich hier um das Werk eines guten Chemikers und Mathematikers handelt«, präsentiert er sein Ergebnis.

So etwas hat der Abteilungsleiter in seiner ganzen Laufbahn noch nicht erlebt.

»Dieses Kunstwerk ist mit einem Lack überzogen, dessen Zusammensetzung wir nicht kennen und die wir nicht verstehen!«, fügt er hinzu. Mondsteinlicht widerspricht allen Regeln des Alterungsprozesses. »Was hat Popov getan, damit die Zeit sein Gemälde verschönert, statt ihm zu schaden?«, fragt er.

»Ich kenne nur eine Alchemie, die im Alter Schönheit verleiht«, sagt Julia, als wir den Louvre verlassen. »Die Liebe!«

Kapitel 11

Wir beschließen, Paris schnell zu verlassen, und packen unsere Sachen im Hotel. Auf dem Weg zum Flughafen rufe ich David an, um ihm von dem Geschehen zu berichten. David scheint erstaunt zu sein, als ich mich bei ihm bedanke, dass er den unmöglichen Termin möglich gemacht hat.

»Ich schwöre dir, Michael, ich habe geschlafen. Ana Coper hat mir gestern am Telefon eine Abfuhr erteilt!«

Die Lufthansa Maschine, die uns zurück nach London bringt, landet am frühen Abend auf dem City Airport. In die Wolldecke gehüllt, in dem Taxi, das Richtung Innenstadt fährt, ruht Mondsteinlicht. Ich möchte Julia in Notting Hill am Westbourne Grove absetzen, aber sie hat etwas anderes vor.

»Sie wollen doch jetzt nicht allein im Hotel essen? Kommen Sie mit, Michael.« Ich staune, wie entschlossen sie klingt. Irgendetwas ist passiert, denke ich und folge ihr.

Wir steigen die Treppe hinauf und bleiben vor der Tür zu Julias Wohnung stehen. Die Tür ist aufgebrochen. Es ist ein Schock für uns beide. Julia betritt die Wohnung als Erste. Im Wohnzimmer und Schlafzimmer scheint nichts verändert worden zu sein, meldet Julia.

Minuten später, während die Polizei ihre Arbeit tut, sitzen wir in der Küche. Es wurden keine

Fingerabdrücke gefunden und es ist nichts gestohlen worden. Julia sagt, dass bestimmte Gegenstände nicht genau an ihrem Platz stünden. Die Nachttischlampe ist einige Zentimeter zu weit links und ein Lampenschirm im Wohnzimmer ist anders ausgerichtet. Die Polizisten erledigen die Formalitäten und gehen.

»Wenn ich bis morgen früh bleibe, würden Sie sich dann sicherer fühlen, Julia?«, schlage ich vor. »Ich könnte auf der Couch im Wohnzimmer schlafen.«

»Ich fahre lieber aufs Land«, sagt sie verlegen.

»Es regnet wieder und es wird bald dunkel, das gefällt mir gar nicht«, äußere ich meine Gedanken laut.

»Ich kenne den Weg, keine Sorge«, beruhigt sie mich und führt weiter.

»Sie haben Ihre Hände hinter dem Rücken verschränkt, Ihre Augen sind noch stärker zusammengekniffen als sonst. Sie schauen wie ein trotziges Kind. Also ich denke, Sie haben keine andere Wahl, Michael, Sie müssen mitkommen!« Sie geht in ihr Schlafzimmer, öffnet eine Kommodenschublade und hebt einen Stapel Blusen hoch, dann den nächsten und steht nachdenklich da.

»Diese Typen sind wirklich gefährlich!«, ruft sie mir zu. Ich stecke den Kopf durch die Tür und schaue sie neugierig an.

»Sie haben meine Untersuchungsanalyse gestohlen!«

»Welche Analysen?«, wundere ich mich.

»Eine Blutuntersuchung, die habe ich diese Woche machen lassen. Ich kann mir nicht vorstellen, was sie damit anfangen können!«

»Sie haben einen Fan–Club!«, versuche ich die Situation zu lockern. Sie steht vor mir, immer noch nachdenklich und sagt plötzlich:

»Ach, diese Typen sind krank, das ist alles.«

Ich repariere die Eingangstür so, dass sie halb schließt. Das Bild nehmen wir zur Sicherheit mit. Kaum verlassen wir die Autobahn, beginnt es, wie aus Kübeln zu schütten. Die Fahrbahn glänzt im Licht der Scheinwerfer, die Scheibenwischer bewältigen das Regenwasser kaum. Endlich tauchen die hohen Bäume der Einfahrt auf. Das Tor des Landsitzes ist offen.

»Sie laufen mit dem Bild rein und ich parke im Hof und sperre die Hintertür auf«, sagt sie schnell und im nächsten Moment steht sie im Regen. Ihr Gesicht ist voll mit Regentropfen und ich wünsche mir, dass ich sie so eine Ewigkeit beobachten könnte.

»Geben Sie mir den Schlüssel«, fällt mir auf.

»Das Schloss hakt. Ich mache das schon«, ruft sie.

Der Kies knirscht unter den Reifen, als Julia das Auto zum Stehen bringt. Der Wind bläst so kräftig, dass sie kaum die Wagentür aufmachen kann. Sobald sie die Tür öffnet, mache ich ihr ein Zeichen, steige aus und laufe zum Kofferraum des Autos.

»Schnell, schnell, beeilen Sie sich«, ruft sie.

Für einen Moment scheint mir das Blut in den Adern zu gefrieren. Ich sehe meine Hand über dem Kofferraum, die nach dem Bild in der Wolldecke greift, wie ein Roboter. Julia ruft erneut: »Schnell, schnell, beeilen Sie sich!« Ich erkenne die Stimme, die ich in meinem Schwindelanfall hörte. Ein seltsames Gefühl überwältigt mich. Automatisch schiebe ich das Bild zurück, schließe die Heckklappe und gehe langsam auf Julia zu, langsam wie in einem Trickfilm, wo die Figuren die Schritte einen nach dem anderen machen. Mein ganzes Wesen bebt. Der Regen rennt über meine Wangen. Mein Blick sucht ihren. Sie sieht mich an. Mein Körper zittert. Endlich begreift sie und läuft mir entgegen.

»Glaubst du, es gibt Liebe, dass der Tod die Erinnerung nicht auslöschen kann? Glaubst du, unsere Gefühle können uns überdauern und in einem neuen Leben erwachen? Glaubst du, die Zeit vereint Menschen, die sich geliebt haben immer wieder? Glaubst du das alles, Julia?«, frage ich immer noch zitternd.

»Ich glaube, ich habe mich in dich verliebt«, flüstert sie, macht einen Schritt auf mich zu und lehnt ihren Kopf an meine Schulter. Ich drücke sie an mich. Sie flüstert weiter: »Selbst zwischen Licht und Schatten, zwischen Sonne und Mond.«

Wir umarmen uns mit dieser Ewigkeit, die wir vom ersten Tag an spüren. In Julias Zimmer im ersten Stock gleitet ihr dunkelblauer Rock an ihren Schenkeln hinab. Sie kommt auf mich zu und schmiegt sich an mich, wie eine ausgehungerte Katze. Die Lichter verschwinden, die Regentropfen bleiben draußen. Wir lieben uns bis zum frühen Morgen, als die Sonne ins Zimmer drängt.

Julia kuschelt sich in die weiße Decke, die ich um ihre Schultern gezogen habe. Ihre Hand tastet nach mir.

Sie streckt sich und öffnet die Augen. Der Platz neben ihr ist leer. Sie schlägt die Decke zurück und tritt nackt ans Fenster. Als ich ihr von draußen zuwinke, weicht sie rasch zur Seite und wickelt sich in den Vorhang ein. Ich kann kaum mein Lachen halten. Was für eine Frau? Ich gehe langsam in die Küche. Ein paar Minuten später kommt Julia schon angezogen in den Raum. Es duftet bald nach frischem Toast. Mit einem Löffel lasse ich den Schaum der Milch auf den Kaffee gleiten und streue Kakao darauf. Dann stelle ich die dampfende grüne Tasse vor Julia hin.

»Cappuccino ohne Zucker!«, sage ich lächelnd. Julia nimmt die Tasse an, beugt sich über sie und trinkt kleine Schlucke.

»Hast du mich gesehen?«, fragt sie leicht verlegen.

»Gar nicht. Ich habe nicht gewagt hinzusehen, denn in der Gegenwart ist ja noch nichts zwischen uns passiert«, versuche ich zu scherzen.

»Das ist nicht lustig, Michael«, murmelt sie.

»Ich weiß, doch irgendwann muss ich begreifen, was mit uns geschieht.«

»Kennst du einen guten Spezialisten?«, lenkt sie vom Thema ab. Ich verbrenne mir meine Finger an dem Toast und werfe das schwarze Brot ins Spülbecken.

»Du hast wieder die Hände hinter deinem Rücken verschränkt, ich könnte schwören, dass sie zusammengekniffen sind. Woran denkst du?«, erkundigt sie sich und ich weiß, dass sie meine kleine Geste entschlüsselt hat.

»Montagmorgen gebe ich mein Gutachten bei Charlsis in London ab und abends fliege ich.«

»Du kehrst nach Frankfurt zurück?«, fragt sie enttäuscht. Die ungeklärten Dinge, die ich in meinem Leben regeln muss, gehen nur mich etwas an. Um miteinander leben zu können, müssen wir uns erneut trennen und wieder finden. Den Rest des Tages verbringe ich bei dem Bild Mondsteinlicht. Später fahre ich nach London, um mich ins Hotelzimmer zurückzuziehen. Das Gutachten für das Bild wartet auf mich.

Am Abend kommt Julia zu mir. Ich muss noch eine E–Mail an David schicken. Weder die Pigmentanalysen noch die Untersuchungen in Paris brachten das gewünschte Resultat. Die Maltechnik von Ivan Popov habe ich identifiziert, die Pinselführung und die Struktur der Leinwand auch. Ich sah die dreidimensionale Darstellung. Auch wenn es keine eindeutigeren Beweise gibt, würde ich gegenüber Davids Kollegen mit seinem Ruf als Experte bürgen. Am Freitagmorgen würde ich Davids Partnern das von ihm unterzeichnete Echtheitszertifikat übergeben.

Ich drücke auf die Sendetaste des Computers und sehe Julia lachend an. Fünf Minuten später blinkt ein kleiner Umschlag auf Davids Bildschirm, sowie auf den Bildschirmen aller Vorstandsmitglieder von Charlsis.

Am nächsten Abend setzt mich Julia am Terminal 2 des Flughafens Heathrow ab. Wir nehmen schweren Herzens Abschied voneinander.

Am Tag danach schreiben die Frankfurter Allgemeine Zeitung, der Figaro und die Kultur in großen Schlagzeilen:

DAS LETZTE BILD EINES BERÜHMTEN MALERS WURDE SOEBEN AUTHENTIFIZIERT

Das seit mehr als 100 Jahre verschollene Hauptwerk des Malers Ivan Popov ist aus der Versenkung aufgetaucht.

Das von den berühmten deutschen Experten Michael Wagner authentifizierte Gemälde dürfte der Höhepunkt der Auktion darstellen, die in Frankfurt unter der Leitung des Auktionators David Votier am 22. Juni in Frankfurt veranstaltet wird.

Ein Artikel des Redakteurs des Corriere della Sera wird von französischen, spanischen und amerikanischen Kunstmagazinen auf der ersten Seite vollständig übernommen.

Ich lande am Nachmittag in Frankfurt am Main. Das Taxi setzt mich ab und ich gehe auf die Terrasse des Cafés, wo ich mich oft mit David treffe.

»Ist das noch ein Scherz oder nur eine plötzliche Laune?«, fragt er mich am Telefon. Ich presse den Hörer ans Ohr.

»David, wenn du nur verstehen könntest! Ich habe mich verliebt!«

»Deine Gefühle verstehen, das kann ich. Aber die verrückte Geschichte, die du mir erzählst, nein! Tu mir einen großen Gefallen, erzähl es niemandem, vor allem nicht Clara. Wenn sich das in der Stadt herumspricht, würden die Leute sagen, du gehörst ins Irrenhaus. Und dann auch noch so kurz vor der Auktion.« Davids Stimme klingt ernst und klar.

»Es ist mir egal, David«, sage ich leise.

»Dich hat es wirklich erwischt! Bitte lass dich untersuchen. Vielleicht findet man in deinem Gehirn eine undichte Arterie. So etwas passiert leicht!«

»Hör auf mit deinen blöden Scherze!«, knurre ich.

Nach einem kurzen Schweigen entschuldige ich mich bei David.

»Tut mir leid, Michael«, meldet er.

»Die Hochzeit ist in zwei Wochen und ich weiß nicht, wie ich es Clara sagen soll«, sage ich verzweifelt.

»Es ist nie zu spät. Heirate nicht gegen deinen Willen, nur weil die Einladungen schon verschickt sind. Wenn du diese Frau in England so liebst, dann mach was. Ich breche meine Reise morgen ab und komme zurück, um bei dir zu sein. Du brauchst jetzt deinen besten Freund. Wir treffen uns mittags im Café«, beruhigt mich David.

Die Tage mit Julia liegen tief in mir. Innerlich sehe ich sie, wie sie mich anschaut, wie sie lacht, wie sie ihre Haare um die Ohren sammelt. Ich denke an den Spaziergang, den ich Julia versprochen habe. Sie fehlt mir so sehr. Gleich werde ich zu Hause sein und muss Clara die Wahrheit sagen. Es ist aus mit ihr.

Die Dunkelheit verbreitet sich um mich, wie ein Schleier. Zu Hause rufe ich Claras Namen, bekomme aber keine Antwort. Im Atelier finde ich auf dem Schreibtisch Fotos. Eins zeigt, wie ich mich mit Julia am Flughafen sehe. Ich sinke in Claras Sessel. Was für eine Schlange. Sie hat mich beschatten lassen. Ich kann nicht fassen, wie ich mich in ihr getäuscht habe.

Kapitel 12

Clara kommt erst am frühen Morgen nach Hause. Ich bin auf der Coach eingeschlafen. Ohne ein Wort der Begrüßung geht sie in die Küche. Zuerst macht sie Kaffee und stellt schweigend zwei Tassen auf die Arbeitsplatte, nimmt eine Packung Toastbrot aus dem Kühlschrank und zwei Teller aus dem Schrank. Dann öffnet sie den Kühlschrank erneut.

»Isst du immer noch Erdbeerenmarmelade zum Frühstück?«, wendet sie sich kühl an mich. Ich möchte mich nähern, aber sie richtet plötzlich drohend das Buttermesser auf mich und wirft es nach mir.

»Hör auf, Clara, wir müssen reden«, sage ich entschlossen.

»Nein!«, schreit sie, »es gibt nichts zu sagen!« Sie sieht wie ein wildes Tier aus, das ins Jagdgebiet gekommen ist.

»Clara, lass uns vernünftig miteinander reden!«, halte ich meine Position. Ihr Machtspiel gefällt mir nicht.

»Sei still. Ich rede jetzt!«, befiehlt sie außer sich.

»Wir spielen seit Monaten diese Hochzeitskomödie, Clara. Ich habe gedacht, dass wir uns lieben. Man kann aber seine Gefühle nicht täuschen«, spreche ich endlich die Wahrheit aus.

»Meinst du, man kann die Frau belügen, die man heiraten will?«

»Ich wollte dir die Wahrheit sagen, Clara«, gebe ich zurück.

»Ach so, jetzt hast du den Mut gefunden, mir die Wahrheit zu sagen?«, klingt sie verbittert.

»Ich habe dich aus London jeden Abend angerufen, Clara. Gestern wurde mir es klar, wir können nicht zusammen bleiben.«

Sie zieht nervös eine Hülle aus ihrer Tasche und wirft mir ein Foto nach dem anderen an den Kopf.

»Hier bist du auf einer Café–Terrasse, dort in einem Taxi an der Place de la Concorde, da schon wieder in einem englischen Landhaus, hier in einem Restaurant. War das alles gestern?«, schreit sie weiter. Ich sehe ein Foto von Julia. Mein Herz krampft sich zusammen.

»Seit wann lässt du mich beschatten?«, gebe ich zurück.

»Du hast mir eine Nachricht geschrieben, in dem du mich Julia nanntest! Ich nehme an, sie heißt so?«

Ich schweige. Sie schreit lauter. Was für eine absurde Situation. Sie zwingt mich, mich zu verteidigen. Lohnt es sich? Dieser sinnlose Kampf?, denke ich.

»Julia, so heißt sie, also. Sie hat unsere Beziehung zerstört«, muss ich den Vorwurf hören.

»Clara, nicht Julia hat unsere Beziehung zerstört. Wir haben es alleine getan. Jeder hat sein Leben geführt. Wir wollten unbedingt, dass diese Leben gleich sind.«

»Wir waren von den Hochzeitvorbereitungen erschöpft, Michael!«

»Clara, du liebst mich nicht mehr«, sage ich und versuche, ihren Blick zu finden.

»Du liebst mich sehr, nicht wahr?«, belügt sie sich selber. Wie konnte ich so blind die ganze Zeit sein? Wie konnte ich es aushalten?

»Ich werde gehen, ich überlasse dir das Haus«, sage ich entschlossen. Clara wirft mir einen vernichtenden Blick zu.

»Die Hochzeit findet statt. Am Sonntagmittag, am zwanzigsten Juni werde ich offiziell, ob du willst oder nicht, deine Frau sein und zwar bis dass der Tod uns scheidet«, widerspricht sie.

»Du kannst mich nicht zwingen, Clara.«

»Doch, Michael, glaub mir, ich kann es!«

Ich sehe, wie sich ihr Blick verändert, und die Spuren der Zornesfalten verschwinden aus ihrem Gesicht. Sie breitet langsam eine Zeitung auf der Arbeitsplatte aus. Ich sehe da mein Foto. Neben mir ist David zu sehen.

»Ich habe eine Frage, Michael. Wer würde deiner Meinung nach als Erster wegen Betrugs im Gefängnis landen, du oder Julia? Wenn die Journalisten erfahren, dass der Experte, der das teuerste Gemälde der letzten Jahre authentifiziert hat, der Geliebte der Frau ist, die es verkaufen will« triumphiert sie. Ich sehe sie fassungslos an, greife nach der Zeitung und beginne vorzulesen.

»Das Bild mit unbekannter Vergangenheit wurde von der renommierten Galeristin vorgestellt und von dem Experten Michael Wagner authentifiziert. Es wird von dem berühmten Auktionshaus Charlsis unter der Leitung von David Votier versteigert.«

»Dein Freund wird wegen Beihilfe zu zwei Jahren auf Bewährung verurteilt und bekommt Berufsverbot.

Du wirst deinen Titel verlieren und dank meiner Hilfe bekommst du fünf Jahre. Denn meine Anwälte werden die Geschworenen davon überzeugen, dass deine Geliebte Julia die Kraft hinter diesem Betrug war«, prophezeit Clara. Ich habe jetzt genug von ihrem Gerede und gehe in die Küche.

»Warte, gehe nicht«, stöhnt Clara nervös, »lass mich noch ein paar Zeilen vorlesen, du wirst sehen.« Tief atmet sie ein.

»Dank Michael Wagners Authentifizierung könnte das auf zwei Millionen Euro geschätzte Bild bei der Versteigerung den doppelten oder dreifachen Preis erzielen.«

Sie holt mich im Flur ein, hält mich fest und zwingt mich, sie anzusehen. Widerlich. Wie kann sie es wagen?

»Wegen eines Betrugs von fünf Millionen Euro wandert sie leicht zehn Jahre hinter Gitter. Die traurige Nachricht für euch beide ist, dass es keine gemischten Gefängnisse gibt!«, redet sie weiter.

Ich spüre, wie mir übel ist. Ich laufe auf die Straße und erbreche. Hinter meinen Rücken spüre ich, wie sie ihre Hand auflegt und spricht.

»Ruhig kotzen, mein Junge. Kotze sie aus dir heraus. Wenn du wieder Kraft hast, sie anzurufen und ihr zu sagen, dass du sie nicht liebst, will ich dabei sein!«

Sie wendet sich ab und geht ins Haus zurück. Eine alte Dame, die ihren Hund spazieren führt, kommt zu mir und hilft mir, mich auf den Bürgersteig zu setzen. Sie sagt, ich soll kräftig durchatmen.

»Nur ein kleiner Magenkrampf«, sagt die Dame in einem Ton, der mich beruhigt.

David wartet seit einer dreiviertel Stunde auf der Terrasse unseres Stammcafés. Als er mich sieht, verfliegt sein Ärger. Er steht auf, um mir einen Stuhl hinzuschieben.

»Hey, was ist los mit dir?«, fragt er beunruhigt.

Ich starre verloren vor mich hin. Dann erzähle ich David, wie mein Leben innerhalb weniger Tage aus der Bahn geraten ist.

»Ich weiß, was du Clara sagst! Du sagst, du kannst mich mal!«

David ist so wütend, dass die Gäste an den Nachbartischen ihre Gespräche unterbrechen, um besser zuhören zu können.

»Ist ihr Kaffee nicht in Ordnung?«, fragt David aufgebracht. Die zwei Männer wenden sich rasch ab.

»David, es nützt nichts, aggressiv und vulgär zu sein.«

»Du versaust dein Leben nicht, selbst wenn dieses Bild zehn Millionen wert wäre«, sagt er entschlossen, um mich zu beschützen.

»Es geht nicht nur um mein Leben, sondern auch um deines und um Julias, David«, sage ich traurig.

»Dann lassen wir die Sache weg, ziehen deine Aussage zurück wegen deinen Zweifeln an der Echtheit des Bildes«, schlägt er vor. Ich werfe einen Blick auf eine Ausgabe der Frankfurter Allgemeinen Zeitung und des Wall Street Journals, die auf dem Tisch liegen.

»Es ist zu spät, um einen Rückzieher zu machen. Ich habe die Authentifizierungsbescheinigung für deine Partner in London schon unterschrieben. Wenn Clara die Fotos an die Presse weitergibt, ist das Theater perfekt. Charlsis wird als Nebenkläger auftreten. Claras Anwälte werden sie unterstützen, und selbst wenn wir nicht im Gefängnis landen, bekommen wir Berufsverbot. Julia würde dadurch auch ruiniert.«

»Wir sind unschuldig, verdammt noch mal!«, ruft David laut.

»Das wissen leider nur wir drei. Ich werde heute Abend Julia anrufen«, seufze ich.

»Um ihr zu sagen, dass du sie nicht mehr liebst?«

»Ja, um ihr zu sagen, dass ich sie nicht mehr liebe, gerade weil ich sie liebe. Das ist doch Liebe, oder nicht?«, sage ich traurig und sehe, wie mich David ansieht.

»Ah, so was!«, ruft er, steht auf und stemmt die Hände in die Hüften.

»Du hast gerade eine Liebeserklärung gegeben, die mich zu Tränen gerührt hätte. Hast du zufällig in London eine Überdosis genommen oder viel Vanillepudding gegessen, Michael?«

»Mach bitte kein Blödsinn, David!«

»Ich bin vielleicht blöd, aber du lachst. Ich hab`s genau gesehen! Zeigen wir deiner zukünftige Ex–Verlobten gemeinsam, dass wir noch lange nicht am Ende sind«, sagt er entschlossen.

»Hast du eine Idee?«

»Im Moment nicht, aber sie wird kommen, verlass dich drauf, mein Freund!«, versichert er mir, wir

143

erheben uns und gehen über den Markt. Spät am Abend lese ich eine lange Nachricht von David.

»Ich müsste dich hassen, weil du die Versteigerung meines Lebens, deine und meine Karriere ruinierst. Auch deine Hochzeit, bei der ich Trauzeuge sein sollte. Komischerweise empfinde ich genau das Gegenteil. Wir haben gewaltige Probleme und ich habe mich die ganze Zeit gefragt, warum. Jetzt weiß ich es. Als ich euch beide in London in dem Café gesehen habe, habe ich eins begriffen, dass sie dich glücklich macht. Die Blicke, die ihr getauscht habt, waren genug. Wenn du heute mit ihr telefonierst, gib ihr zwischen den Zeilen zu verstehen, dass es selbst in der hoffnungslosen Situation noch Hoffnung gibt. Ich rufe dich an.«

Zu Hause angekommen, gehe ich sofort in Claras Atelier. Sie malt vor ihrer Staffelei. Wie ich erwartet habe, ignoriert sie mich.

»Ich gebe deiner Erpressung nach, du hast gewonnen, Clara!«, sage ich entschlossen und ohne mich zu ihr zu drehen, füge ich hinzu:

»Ich werde allein mit Julia sprechen. Du kannst mein Leben stehlen, aber nicht meine Würde. Punkt, aus!« Das war`s, denke ich und gehe energisch die Treppe hinunter. Raus aus dem giftigen Nebel der Frau, die ich heiraten soll.

Nach dem Telefonat legt Julia langsam den Hörer auf. Ihre Hände zittern. Ihr ganzer Körper fängt an zu beben. Sie steht allein am Fenster des Landsitzes. Tränen laufen unter ihren geschlossenen Lidern hervor. Sie weint die ganze Nacht. Mondsteinlicht bleibt in dem kleinen Büro. Der Schmerz erfüllt das ganze Haus. In dieser Nacht bleibt auch die Haushälterin auf dem Landsitz. Ihre Anwesenheit beruhigt Julia. Am Morgen betritt Emma die Küche, schürt das Feuer im Kamin und bringt Julia eine duftende Tasse Tee hoch auf das Zimmer. Sie stellt das Tablett auf den kleinen Tisch, kniet sich zu ihr hin und nimmt sie in die Arme, wie das eigene Kind.

»Hören Sie nicht auf, daran zu glauben«, murmelt sie und Julia schluchzt an ihrer Schulter.

Erst als sie die Wärme der Sonne auf ihrem Gesicht spürt, öffnet Julia kurz die Augen und schließt sie sofort wieder. In diesem Moment hört sie das Hupen im Hof. In paar Minuten später verkündet Emma laut und vernehmlich: »Ms Julia, ein Besucher aus Deutschland!«

David wartet ungeduldig in der Küche. Die Haushälterin hat ihn energisch gebeten, dort zu warten. Julia macht sich schnell frisch und geht nach unten. Sie hört Davids Worte aufmerksam, obwohl ihr Herz voller Schmerzen ist.

»Also, liebt er mich?«, fragt Julia ungläubig und schaut David an, der am Küchentisch gegenüber sitzt.

»Ihr beide seid wirklich verrückt! Ich habe die Nacht im Flugzeug verbracht, bin dann zwei Stunden in einem Wagen gefahren, dessen Lenkrad auf der falschen Seite angebracht ist, um Ihnen alles zu erklären. Und Sie fragen mich, ob er Sie liebt? Ja, er liebt Sie und Sie lieben ihn und trotzdem sitzen wir alle in der Patsche«, stellt David fest.

»Bleibt Mr Votier zum Mittagessen?«, fragt die Haushälterin und steckt den Kopf in die Küche.

»Sind Sie verheiratet, Emma?«, fragt David.

»Meine Lebensumstände gehen Sie nichts an. Wir sind hier nicht in Deutschland, Votier«, gibt sie kühl zurück.

»Gut, ich nehme an, Sie sind ledig! Ich möchte Ihnen einen wunderbaren Menschen vorstellen. Ein Europäer aus Berlin, der in Frankfurt lebt und Heimweh nach England hat!« David ist wieder in seinem Element und seine soziale Ader erhellt wieder die Situation.

In Frankfurt bin ich allein im Haus. Clara geht früh raus. Im Atelier schalte ich den Computer ein, um die E–Mails zu überprüfen. Keine Nachricht von David. Als ich den Computer ausschalte, bin ich von Claras Bild, das an der Wand hing, hingezogen. Ich entdecke ein Detail, das mir das Blut in den Adern gefrieren lässt. Neugierig betrachte ich ein anderes Bild, öffne den Schrank und ziehe Claras ältere Werke eines nach dem anderen heraus. Danach nehme ich eine Lupe aus der Schublade. Auf jedem Landschaftsbild ist das Herrenhaus von Julia. Das letzte Bild ist neun Jahre alt und zu dieser Zeit kannte ich sie noch gar nicht. Verdammt. Was geht hier vor. Woher hat sie das Bild?

Im Landsitz tritt David auf den Flur und bittet dann Julia, ihn ins Büro zu begleiten.

»Ich kenne das Bild!«, sagt Julia überzeugend.

»Daran habe ich keinen Zweifel, Julia, kommen Sie bitte trotzdem mit«, beharrt David. Julia führt David zunächst zu einem Fenster.

»Sehen Sie selbst! Ich garantiere Ihnen, dass Ivan Popov im Dachgeschoss gearbeitet hat!«, klingt Davids Stimme überzeugend.

»Das ist unmöglich. Er war gegen Ende seines Lebens viel zu geschwächt und musste seine Energie zusammenhalten, um vor der Staffelei stehen zu können. In seinem Zustand hätte er sich niemals darauf gewagt, schon für einen gesunden Menschen ist es zu gefährlich«, widerspricht Julia.

»Ich sage Ihnen, dieses Fenster ist nicht dasjenige, das man auf dem Bild sieht. Die Perspektive ist anders, es ist viel größer«, sagt David überzeugend. Julia weist darauf hin, dass Vorstellungskraft zu den Gaben eines Künstlers gehört, und geht zurück in ihr Zimmer.

Schlecht gelaunt legt sich David wieder ins Bett. Mitten in der Nacht wacht er auf, macht das Licht an und tritt erneut ans Fenster. Wenn Ivan Popov die Fähigkeit besaß, den Schimmer des Vollmondes aus der Erinnerung wiederzugeben und den Mondstein in der Hand der jungen Frau so lebendig darzustellen, warum hätte er sich die Mühe machen sollen, die Perspektive zu verändern? Die Fragen summen wie die Bienen an einem heißen Sommertag in seinem Kopf.

Den Rest der schlaflosen Nacht grübelt er weiter darüber nach und sucht nach einer Antwort. Als der Morgen graut, sitzt es immer noch in seinem Bett und liest in seinen Unterlagen für die Auktion, die die

147

größte in seinem Leben sein würde. David ist eine kämpferische Natur und er hat die Hoffnung noch nicht aufgegeben. Die Haushälterin kommt um halb sieben. Er hört die Geräusche unten und geht in die Küche, um Kaffee zu trinken.

»Verdammt noch mal, ist es hier kalt«, reibt er sich die Hände vor dem Kamin.

»Das ist ein altes Haus«, sagt die Haushälterin und richtet weiter den Frühstückstisch.

»Sind Sie schon lange hier, Emma?«, möchte David wissen.

»Ich war fünfzehn, als der gnädige Herr mich eingestellt hat.«

»Und wer war der gnädige Herr?«, führt David weiter und schenkt sich einen duftenden Kaffee ein.

»Der Großvater von Ms Julia.«

»Lebte er hier?«

»Nein, er kam nie hierher, ich war alleine.«

»Und Sie hatten keine Angst vor Gespenster?«, neckt David sie.

»Genauso wie die Menschen, können sie einem gute oder schlechte Gesellschaft leisten«, merkt David, nickt und streicht Butter auf sein Brot. Da er keine Antwort bekommt, fragt er mutig weiter.

»Hat sich das Haus seit jener Zeit viel verändert?«

»Ms Julia hat später die Einrichtung in einigen Zimmern modernisiert. Wir hatten damals auch kein Telefon. Das ist ziemlich alles.«

Emma entschuldigt sich und lässt David alleine sein Frühstück beenden. Er blättert zuerst in der Zeitung, dann trägt er seine Tasse zum Spülbecken.

Der Tag scheint wunderschön zu werden. Er würde draußen im Freien arbeiten, bis Julia käme. Auf der Treppe bleibt er später vor einem gerahmten Stich stehen, der auf das Jahr 1889 datiert ist und den Landsitz zeigt. David tritt näher, um ihn genau zu betrachten. Zuerst sucht er das Dach mit den Augen ab, hängt den Stich ab und läuft die Treppe hinunter und hinaus auf den Hof. Ein Detail macht ihn stutzig.

»Julia, Julia, sehen Sie sich das an!«, ruft er aufgeregt vom Hof aus hinauf zu ihrem Fenster.

»Ms Julia schläft noch, Sir, seien Sie bitte nicht so laut!«, kommt es von Emma wütend aus der Küche.

»Emma, Sie müssen sie wecken! Sagen sie ihr, dass es wichtig ist!«, beharrt David aufgeregt.

»Dürfte ich erfahren, was Mr Votier mitten auf dem Hof so Wichtiges gefunden hat, um Ms Julia zu wecken, wo sie ihren Schlaf doch so dringend braucht nach den furchtbaren Nächten, die sie wegen Mr Votiers Freund durchgemacht hat.«

»Sie haben das alles gesagt, ohne Luft zu holen, Emma. Beeindruckend. Beeilen Sie sich, sonst hole ich sie selbst«, droht David. Emma macht sich auf den Weg und denkt, dass diese Deutschen keine Manieren hätten! Nach kurzer Zeit erscheint Julia im Morgenmantel und begrüßt David, der nervös herumläuft. Sie wirft einen Blick auf den Stich, den David an den Stamm des Baumes gelehnt hat.

»Wenn ich mich recht entsinne, stand das gestern nicht hier«, stellt sie fest.

»Sehen Sie!«, reicht er ihr den Stich. Julia versteht immer noch nicht, was er sagen möchte.

149

»Sehen Sie!«

»Das ist das Herrenhaus, David«, sagt Julia.

»Wie viele Dachfenster sehen sie auf dem Stich?«, fragt er gereizt.

»Sieben«, antwortet Julia.

David fasst sie an den Schultern und dreht sie zum Haus hin.

»Und wie viele zählen Sie hier?«, fordert er sie.

»Sechs«, murmelt Julia.

David nimmt sie beim Arm und zieht sie ins Haus. Sie laufen zwei Stufen auf einmal hinauf. Aus der Küche kommt Emma, um ihnen auf den Dachboden zu folgen.

Ich schreibe Clara eine Nachricht und teile ihr mit, dass ich den Tag im Museum verbringe, mit dem Konservator zu Mittag esse und wäre gegen sieben Uhr zurück. Ich hasse es, Rechenschaft über meinen Tagesablauf ablegen zu müssen. Genervt befestige ich das Blatt auf dem Kühlschrank mit einem Magneten in Form eines Kleeblatts an der Kühlschranktür an. Dann gehe ich ein Stück die Straße hinauf, setze mich in den Wagen und warte geduldig. Irgendetwas in mir zwingt mich, es zu tun. Eine Stunde später sehe ich, wie Clara das Haus verlässt. Sie steigt in ihr Auto und fährt in östliche Richtung über die Rheinbrücke zum Haus Nummer 57 in der Alte Weg Straße. Ich folge ihr, parke am Anfang der Straße und beobachte, wie Clara die drei Stufen zu einem eleganten Haus hinauf eilt. Als sie verschwindet, steige ich aus und gehe entschlossen zu der Eingangstür. Die

Leuchtziffern des Aufzugs zeigen an, dass die Kabine im elften Stock gehalten hat. Das reicht mir zu wissen. Danach kehre ich zum Wagen zurück und warte weiter. Ich muss erfahren, was sie vorhat. Wieso ist sie hierher gekommen? Was verbirgt sich dahinter? Eineinhalb Stunden später kommt Clara wieder heraus. Als ihr Auto wegfährt, lege ich mich flach hin, um unentdeckt zu werden. Sobald Clara an der Kreuzung abbiegt, gehe ich entschlossen zur Nummer 57, zögere kurz vor den beiden Klingelknöpfen und entscheide mich, beide zu drücken. Der Türöffner summt sofort. Die Tür am Ende der Flur ist angelehnt. Ich öffne sie langsam und erkenne die Stimme, die ruft: »Hast du etwas vergessen, mein Liebling?«

Als sie mich auf dem Flur sieht, zuckt die Frau mit dem silbergrauen Haar kaum merklich zusammen.

»Frau Miklusch?«, frage ich kalt.

Kapitel 13

Auf dem Landsitz stemmt Emma die Hände in die Hüften und schweigt.

»Emma, schwören Sie mir, dass mein Großvater das Dach dieses Hauses nicht hat verändern lassen!«, sagt Julia und wartet gespannt. David beobachtet beide aufmerksam. Er greift nach dem Vorschlaghammer, den er aus der Scheune geholt hat und schlägt gegen die innere Wand. Der ganze Raum erbebt, als Emma wütend erwidert. »Ich schwöre gar nichts.«

»Warum haben Sie mir nie davon erzählt?«, fragt Julia.

In der Wand bildet sich nach den Schlägen von David ein Riss.

»Wir sind nie auf dieses Thema zu sprechen gekommen.«

»Ich bitte Sie, Emma! Unser Architekt Mr Gotfied hat sich damals gewundert, dass die Behörden die Ausbaugenehmigung verweigerten. Er wiederholte mehrmals, dass hier schon Arbeiten vorgenommen worden waren.« David schlägt erneut zu.

»Sie haben versichert, dass nie etwas am Haus verändert worden sei! Ich erinnere mich, als wäre es gestern gewesen«, spricht Julia aus. Der Raum vibriert erneut und Staub rieselt vom Dach herunter. Julia zieht Emma zum Fenster und schaut auffordernd in ihre Augen.

»Ich musste es Ihrem Großvater versprechen! Er hat den Landsitz unter Denkmalschutz stellen lassen.«

»Warum?«, fragt David, der dem Gespräch aufmerksam vom anderen Ende des Raums zuhört. Er schiebt die Gipsbrocken beiseite, die am Boden verstreut liegen. Seine Schultern schmerzen, er atmet tief durch.

»Weiß ich nicht. Ihr Großvater wollte immer über alles bestimmen, aber er ist ein gerechter Mann. Er sagte, aus Ihnen würde eine große Biologin werden, aber Sie haben immer getan, was Sie wollten«, sagt Emma erbittert.

»Er wollte, dass ich Biologin werde. Und er wollte auch, dass ich den Landsitz verkaufe, erinnern Sie sich?«, fällt ihr Julia ins Wort.

»Ja«, murmelt Emma, die auch sehr an diesem Haus hängt. David kratzt den Zement mit einem Schraubenzieher heraus und es beginnt, zwischen den Steinen zu bröckeln.

»Warum hat er dieses Fenster zumauern lassen, Emma?«, möchte Julia unbedingt wissen. Zuerst schweigt Emma und zögert mit der Antwort. Schließlich gibt sie nach.

»Weil seiner Tochter ein Unglück zugestoßen ist, als sie sich an dieser Wand zu schaffen machte«, bricht sie hervor.

»Sie wussten die ganze Zeit, was meiner Mutter zugestoßen ist?«, fragt Julia aufgeregt. David stemmt den ersten Stein heraus, schiebt zuerst seine Hand, dann den Arm durch das Loch. Der Raum hinter der Wand scheint tief zu sein. Er greift wieder zum Vorschlaghammer und macht unermüdlich weiter.

»Ihr Großvater hat mich eingestellt, als er den Landsitz gekauft hat. Die Schlaflosigkeit seiner

Tochter hat in den ersten Ferien begonnen, die sie hier verbracht haben.«

David schafft es, einen zweiten Stein herauszuziehen. Das Loch ist schon so groß, dass er seinen Kopf hindurch stecken kann. Auf der anderen Seite ist es dunkel.

»Sie hatte auch Albträume«, fährt Emma fort.

»Was für Albträume waren das?«, fragt Julia gespannt.

»Sie schrie im Schlaf furchtbare Dinge«, murmelt Emma und wischt ihre Tränen heimlich weg.

»Erinnern Sie sich, was sie sagte, Emma?«

»Wenn ich es nur vergessen könnte! Die meisten Sätze waren unverständlich, aber einen wiederholte sie immer wieder: »Er wird kommen!« Ihr Großvater war sehr verzweifelt, sein Kind so zu sehen. Ich nahm sie öfters in den Arm, um sie zu besänftigen. Sie vertraute mir an, dass sie in ihren Träumen mit einem Mann sprach, den sie von früher kannte. Ich begriff nichts von alledem. Sie sagte, er hieße jetzt Tom und sie hätten sich früher geliebt. Er würde sie jetzt holen, denn jetzt wusste er, wo sie wohnt. In jener Woche wurde sie von dem Kummer hinweggerafft.«

»Von dem Kummer?«

»Eines Tages sagte sie, er sei tot, man habe ihn ermordet. Und dann starb sie. Wir haben ihre Asche am Fuß des großen Baum ausgestreut. Der gnädige Herr hat die Wand und das Dachfenster zumauern lassen.«

Schließlich gelingt es David, durch das Loch auf die andere Seite zu kriechen. Emma und Julia führen das Gespräch weiter. Für Julia ist das Gespräch schmerzlich geworden. Die verborgene Wahrheit über ihre Mutter kommt endlich ins Licht. Sie kann kaum fassen, wie sich hier alles abgespielt hat.

»War dieser Tom mein Vater?«, fragt sie eindringlich.

»Nein, Ms Julia. Ihr Großvater hat sie später adoptiert.«

Der Schock kommt unerwartet. Julia lehnt sich an den Fensterrahmen. Auf einmal hat sie keine Kraft mehr. Ihr ganzer Körper ist wie versteinert. Sie blickt auf den Hof und hält ihren Atem an. Wieso hat ihr Großvater es ihr nicht gesagt? Wollte er sie beschützen? Tränen steigen ihr in die Augen, und so fährt sie fort, ohne sich nach Emma umzusehen.

»Sie lügen! Ich bin nie adoptiert worden«, sagt sie und unterdrückt ein Schluchzen. Dann läuft sie nach unten in die Küche, um alleine zu sein.

Ich betrete in Frankfurt das Wohnzimmer der Frau Miklusch.

»Was suchen Sie hier?«, fragt sie kühl.

»Ich bin es, der heute die Fragen stellt«, gebe ich schroff zurück. »Was hat Clara hier zu suchen, Frau Miklusch?«

Die Frau mit dem silbergrauen Haar sieht mich urverwandt an. Ihr Blick zeigt Mitleid, als sie anfängt zu reden.

»Mein armer Michael, es gibt so viele Dinge, die Sie nicht wissen.«

»Wer sind Sie?«, erwidere ich und spüre, wie in meinem Kopf die Spannung steigt.

»Ihre Schwiegermutter, denn das werde ich in wenigen Tagen sein«, sagt sie triumphierend. Ich mustere sie lange und frage mich, was in ihren Antworten wahr ist. Ich vertraue ihr nicht. Das Ganze hier ist ein Spiel, von dem ich nichts weiß. Das Gefühl, dass die beiden über mein Leben bestimmen, lässt meine Adern pulsieren.

»Claras Eltern sind tot!«

»Dass Sie das glauben, gehörte zu unserem Plan.«

»Welcher Plan?«

»Die Begegnung mit meiner Tochter, von dem Tag ihrer ersten Ausstellung bis zur Hochzeit, die ich mit großem Aufwand organisiert habe. Alles war geplant, bis zu diesem unvermeidlichen Treffen mit Julia, denn so nennt sie sich wohl, nicht wahr?«, fragt sie zynisch.

»Sie haben uns also überall überwacht?«, stelle ich verbittert fest.

»Ich oder ein paar Freunde, das macht kein Unterschied, nur das Ergebnis zählt. Meine Verbindungen zum Louvre waren Ihnen nützlich, oder?«

»Was wollen Sie?«, rufe ich gereizt.

»Rache! Meiner Tochter Gerechtigkeit widerfahren lassen!«, schreit sie und zündet sich eine Zigarette an. Das beruhigt sie. Sie wirkt jetzt entspannter und fährt fort: »Jetzt sind die Würfel gefallen und Ihr Schicksal ist besiegelt. Lassen Sie mich Ihnen eine traurige Geschichte von Sir Thomas, meinem Mann, erzählen.«

»Ihr Mann? Aber Sir Thomas ist seit einem Jahrhundert tot!«

»Sie können auch nicht alles wissen«, seufzt Theresa. »Sir Thomas hatte zwei Töchter. Er war ein großzügiger Mann. Nicht genug damit, dass er sein Talent und sein Vermögen in den Dienst des Malers Popov gestellt hatte. Er neigte auch dazu, eine wahre Leidenschaft für seine älteste Tochter zu pflegen. Wenn Sie wüssten, wie die Jüngere unter der Gleichgültigkeit ihres Vater gelitten hat. Aber Männer machen sich keine Gedanken darüber, welche Schäden sie damit anrichten. Wie haben Sie uns das antun können?«

»Was? Ich verstehe nicht wovon Sie sprechen?«, schaue ich sie.

»Seine älteste Tochter hat sich in einen Kunstexperten verliebt. Die beiden waren unzertrennlich und Thomas konnte es nicht ertragen. Er war eifersüchtig wie viele Väter, wenn ihre Kinder erwachsen werden. Nach Ivan Popovs Tod blieb uns kaum Hoffnung, unseren Verpflichtungen nachzukommen. Nur sein letztes Bild konnte uns vor dem Ruin retten. Wir hofften auch, dass eine erhebliche Summe dadurch kommt und auch die anderen Bilder, die mein Mann im Laufe der Zeit angesammelt hatte, an Wert gewonnen hätten. Das wäre gerecht gewesen, nachdem Popov so lange auf unsere Kosten gelebt hatte!«

Auf dem Landsitz schiebt sich auch Emma durch das Loch, das David vergrößert hat. Alles hinter der Wand zeugt von Armut. Das spärliche Mobiliar besteht aus einem Stuhl, einem Pult und einem kleinen Bett. Auf einem der zwei Regale ist ein Steinguttopf. Am Ende des Zimmers besucht ein winziger senkrechter Lichtstrahl den Boden vor einer Staffelei. David tastet sich im Halbdunkel vor. Er hebt jetzt den Kopf und sieht die Holzbretter, die an die Decke genagelt waren. David reißt sie herunter und blasses graues Licht fällt auf die Staffelei. Dann schiebt er die Dachluke auf und zieht sich mit den Armen hoch. Stein und Staub lugt aus dem Dach. Danach blickt David auf den Park, der sich unter ihm erstreckt, sieht alles draußen und lächelt. Das reicht ihm. Zu Emma gewandt lässt er sich ins Zimmer zurückgleiten.

»Emma, ich glaube, wir haben das Zimmer von Ivan Popov entdeckt. Hier hat er das Bild Mondsteinlicht gemalt.« Davids Stimme klingt überzeugend, sodass die Haushälterin ihren Blick dem Boden zuwendet und leise sagt.

»Sie haben recht!«

Theresa Miklusch zündet sich eine neue Zigarette an. Die Flamme des Feuerzeugs erhellt ihr Gesicht. Durch ihre Falten erkenne ich Leid und Zorn eingraviert. Trotzdem erzählt sie weiter.

»Am Tag der Versteigerung sandte ein Experte einen Brief an einen Auktionator und behauptete, das Bild sei eine Fälschung! Der verliebte Komplize meiner ältesten Tochter hielt ihr Versprechen, um den Vater zu rächen, weil er ihre Hochzeit verhindert hatte. Was danach kam, wissen Sie selber, wie wir nach England gegangen sind. Mein Mann ist wenige

Monate danach gestorben, weil er die Schande nicht ertragen konnte. Er war ruiniert.«

Sie macht eine Pause, während ich zum Fenster trete. Was erzählt sie da? Das kann alles nicht wahr sein. Wie ist es möglich? Alles, was ich mit Julia erlebt habe, ist real. Sie ist real. Diese Inszenierung, die diese Frau veranstaltet, scheint kein Ende zu haben. Ich schüttel langsam den Kopf.

»Spielen Sie jetzt nicht den Unschuldigen, Michael! Auch Sie haben diese Träume gehabt, ich habe euch beiden nie verziehen. Hass ist ein Gefühl, das uns nicht loslässt. Er gibt die Kraft, unsere Seelen lange aufrechterhalten zu können. Ich habe ihn ohne Unterlass geschürt, um neu zu leben. Jedes Mal habe ich euch aufgespürt und euer Schicksal durchkreuzt. Ihr wart beide so nah am Ziel – mehrmals! In diesem Leben habt ihr euch endlich gefunden. Und ich habe euch beide wieder aufgespürt.« Ihre Stimme und Überzeugung sind erstaunlich.

»Sie sind verrückt!«, sage ich nur und verspüre den Drang, diesen Ort auf der Stelle zu verlassen. Ich gehe auf die Tür zu, doch die Verrückte hält mich entschlossen am Ärmel zurück.

»Die großen Menschen haben eines gemeinsam – sie verstehen es, sich von der Welt, die sie umgibt, zu lösen, um etwas Neues zu erfinden. Das Gefühl stirbt nicht, Michael. Es hat euch jedes Mal wieder gefunden.« Ich sehe sie kalt und herausfordernd an. Danach stoße ich ihre Hand von meinem Arm weg.

»Was wollen Sie, Frau Miklusch?«, frage ich zum zweiten Mal.

»Ihre Seelen zur Erschöpfung bringen und Sie und Julia für immer trennen. Ich musste zuerst dafür sorgen, dass ihr euch wieder findet. Jetzt stehe ich kurz vor meinem Ziel. Wenn ihr die Liebe nicht erleben könnt, ist dieses Leben für euch beide das letzte. Die Seelen bleiben ohne Kraft und eine Trennung werden sie nicht überleben.«

»Das ist es also? Sie wollen sich für etwas rächen, dass Sie vor mehreren Jahren erlebt haben? Nehmen wir an, ich würde Ihrer Logik folgen. Würde das bedeuten, dass Sie ihre Tochter opfern, um dieses Verlangen zu stillen? Und Sie behaupten, nicht verrückt zu sein?«, gebe ich zurück und verlasse die Wohnung, ohne sich umzudrehen. Ich höre nur, wie sie hinter mir schreit: »Julia war nicht meine Tochter, sondern nur Clara! Und ob Sie wollen oder nicht, werden Sie mit ihr in wenigen Tagen verheiratet sein!«

Im Landsitz hustet David und äußert laut seine Gedanken: »Man kann nicht behaupten, dass Popov Thomas ruiniert hat!« Die Luft ist beißend, durchsetzt von einem leichten Knoblauchgeruch.

»Hat er wirklich hier gelebt?«, fragt David betroffen. Es kommt keine Antwort.

»Das ist eines der wenigen Dinge, die mir unbestreitbar scheinen«, meint er und legt noch einen Stein auf den Boden. Innerhalb von einer Stunde hat er eine Öffnung geschaffen, durch die genügend Licht hereinkommt, um die Kammer zu erhellen.

»Die abgeschlossene Welt von Ivan gleicht eher einer Gefängniszelle, als einem freundlichen Gästezimmer«, meint David und betrachtet diesmal neugierig den Fußboden. Die Farbe des Holzes war anders als vom Rest des Dachbodens.

»Natürlich, dieser Teil der Dielen ist nie erneuert worden!«, meldet er und untersucht das Zimmer weiter, bückt sich und sieht unter das Bett.

»Was suchen Sie?«, fragt Emma.

»Seine Palette, seine Pinsel, Phiolen, Pigmente, irgendeinen Hinweis. Ich sehe nichts in diesem Zimmer. Es ist so, als hätte irgendjemand jede Spur von Leben beseitigen wollen.« Dann steigt er auf das Bett und fährt mit der Hand über die Regale. Plötzlich tastet seine Hand etwas im Staub versteckt.

»Ich habe etwas gefunden!«, ruft er aufgeregt, springt herunter und reicht Emma ein kleines schwarzes Heft. Sie bläst auf den Umschlag und eine Staubwolke wirbelt auf. David nimmt es ihr ungeduldig wieder ab.

»Ich werde es öffnen!«, sagt er entschlossen.

»Vorsichtig«, warnt Emma.

»Ich bin Auktionator, und so seltsam es auch klingen mag, ich bin es gewohnt, ständig mit alten Gegenständen umzugehen«, beruhigt er sie. Die Haushälterin nimmt ihm das Heft aus der Hand und schlägt behutsam die erste Seite auf.

»Was steht drin?«, drängt David.

»Keine Ahnung, sieht aus wie ein Tagebuch, aber es ist kyrillische Schrift.«

»Russisch?«

»Das ist dasselbe!«

»Ich weiß nicht, es gibt so viele Sprachen«, knurrt David.

161

»Warten Sie«, sagt Emma, »hier habe ich etwas gefunden. Ganze Reihen mit Zahlenkombinationen und chemischen Symbole.«

»Sind Sie sicher?«, drängt jetzt David.

»Ja, das bin ich«, gibt Emma gereizt zurück.

Nach einer Stunde deckt Emma den kleinen Tisch auf der Terrasse. Sie essen früh zu Abend, weil Julia und David am nächsten Morgen nach London zurückkehren wollen. Das Team von Delyhae Moving soll vormittags in die Galerie kommen, um Mondsteinlicht für die Reise vorzubereiten. Julia und David würden ebenfalls mit dem Sicherheitstransporter, begleitet von einer Polizeieskorte, zum Heathrow Airport fahren. Die drei Bilder von Ivan Popov sollen im Gepäckraum einer Boeing 737 der Lufthansa nach Frankfurt fliegen. Am Frankfurter Flughafen würde sie ein anderer Sicherheitstransporter erwarten. Morgen wird David Ivan Popovs handgeschriebenes Tagebuch scannen und einem russischen Kollegen mailen, der sich sofort an die Übersetzung machen wird. Er schenkt schweigend Julia Kaffee ein. Sie wechseln während des Essens kaum ein Wort, so hängen beide ihren Gedanken nach.

»Haben Sie heute mit Michael gesprochen?«, bricht Julia das Schweigen.

»Ich werde ihn nachher anrufen, versprochen«, versichert David. Kurz danach klingelt sein Handy, das auf dem Tisch liegt.

»Glauben Sie an Gedankenübertragung?«, fragt er belustigt. »Ich bin sicher, dass er anruft.«

»David, hier ist Ana Coper aus Paris, kann ich dich sprechen?« David entschuldigt sich bei Julia und entfernt sich ein Stück. Die Wissenschaftlerin beginnt sogleich mit ihrem detaillierten Bericht.

»David, es ist uns gelungen, das Pigment teilweise zu entschlüsseln. Es ist auf der Basis der Koschenilleschildläuse hergestellt. Auf den Gedanken sind wir nicht gekommen, da dieser Farbstoff ebenso schön wie flüchtig ist. Wir verstehen immer noch nicht, wie es ihrem Maler gelungen ist, die Intensität der Farben über die Jahre zu erhalten. Es ist wahrscheinlich eine uralte Tradition, die wir nicht kennen. Die Fakten sind eindeutig. Wir alle glauben, dass das Geheimnis in dem Lack liegt, mit dem Popov das Gemälde überzogen hat. Meiner Meinung spielt dieser Lack die Rolle eines Filters – eine Art Film, der an manchen Stellen transparent und an anderen undurchsichtig ist. Dies erzeugt die holografischen Effekte. Auf den Röntgenbildern der Leinwand haben wir leichte Schatten festgestellt, die ganz zart sind. Sie sind so anders, dass es sich nicht um Retuschen oder Übermalungen handeln könnte. Allerdings sind sich in dieser Hinsicht nicht alle Kollegen im Labor einig. Jetzt halt dich fest. Wir haben zwei wichtige Entdeckungen gemacht. Popov hat Adrianopolus–Blau verwendet. Ich erspare dir die detaillierte Formel, sie stammt aus dem Mittelalter und aus Griechenland. Um eine so kräftige und resistente Farbe zu erhalten, mischte man Knochen, Fett, Urin und Blut von Tieren.«

»Glaubst du, er hat einen Hund oder eine Katze abgemurkst?«, unterbricht David sie. »Wenn du nichts dagegen hast, werde ich dieses Detail bei der Versteigerung unter den Tisch fallen lassen.«

»Das wäre ein Irrtum, Popov hat keiner Fliege etwas zu Leide getan. Ich denke, er hat sein Blau mit den Mitteln hergestellt, die ihm zur Verfügung standen. Die DNA– Analysen sind eindeutig, in seinem Pigment haben wir menschliches Blut gefunden.« David denkt einen Augenblick, endlich über ein Mittel zur Authentifizierung des Bildes zu verfügen. Wenn der Maler sein eigenes Blut verwendet hat, braucht man nur die DNA–Analysen zu vergleichen. Seine Euphorie legt sich rasch, denn Popovs Körper war längst zu Staub zerfallen. Es gab kein Material mehr, das einen solchen Vergleich erlaubt hätte.

»Welches ist die zweite Entdeckung?«, fragt David besorgt.

»Es ist etwas Eigenartiges. Wir haben Realgir gefunden, ein Farbstoff, den Popov niemals hätte verwenden wollen.«

»Warum?«, fragt David verblüfft.

»Weil sein Blau von den anderen beherrscht wird, und weil er eine äußerst giftige Dosis an Arsensulfat enthält. Realgir gehört zur Familie der Rattengifte, es einzuatmen wäre Selbstmord.«

»Kannst du mir eine Kopie des Berichts an mein Frankfurter Büro schicken?«, fragt David schnell.

»Ich verspreche es unter einer Bedingung.«

»Alles, was du möchtest, meine Schönheit!«, lacht David.

»Ruf mich nie wieder an!« Und sie legt auf.

David steht kurz fassungslos. Als er sich wieder findet, geht er zurück zu den anderen. Hinter dem Hügel scheint das sanfte Licht des Monds.

»Heute Nacht haben wir Vollmond!«, sagt David und betrachtet den Himmel. Julia blickt den Mond so traurig an, dass er seine Hand auf ihre Schulter legt.

»Wir finden eine Lösung, Julia, glauben Sie es mir«, tröstet er sie.

»Ich glaube, wir sollen alles abbrechen«, sagt sie leise. »Ich müsste vielleicht eine Weile im Gefängnis verbringen, aber dann könnte ich mit ihm zusammen sein.«

»Sie lieben ihn so sehr?«

»Ich fürchte, noch mehr als Sie denken, David«, gibt sie leise von sich, steht auf und entschuldigt sich, ihr geht es nicht so gut. David begleitet sie bis zur Tür und kommt zurück zum Tisch, um die milde frische Luft weiter zu genießen. Das Fenster von Julias Zimmer wird dunkel und David geht in sein Zimmer, um seine Sachen zu packen. Nachdenklich steigt er danach noch einmal auf den Dachboden und stellt das Bild ganz vorsichtig auf Ivan Popovs Staffelei. Dann setzt er sich auf den alten Stuhl.

»Hier bist du an deinem Platz, das weiß ich«, murmelt er in der Stille.

»Ein wunderschönes Geschenk für Ivan, denn heute ist sein Todestag«, flüstert Julia hinter ihm.

»Ich habe Sie nicht kommen hören«, sagt David, ohne sich umzudrehen.

»Ich wusste, dass ich Sie hier finden würde.« Julias Stimme berührt ihn wieder. Ein Schweigen liegt im

Raum wie ein Geheimnis. Das Mondlicht von oben fällt durch die Dachluke und plötzlich färben sich alle Reliefe in bläulich–silbernen Nuancen. Der Mondschein fällt jetzt auf das Bild und der Lack nimmt ihn auf. Julia und David blicken erstaunt auf das Bild, denn unter dem langen Haar der Frau zeichnet sich langsam ein Gesicht ab. Gleichzeitig beginnt der Mondstein, den die junge Frau in ihrer linken Hand hält, zu leuchten. Der volle Mond setzt seinen Weg fort und je höher er steht, desto direkter fällt das Licht auf das Gemälde. Um Mitternacht erreicht er seinen Zenit und dann wird Ivan Popovs Signatur in der rechten unteren Ecke sichtbar. Der Mondstein, die Signatur und das Gesicht der jungen Frau leuchten in einer dimensionalen Welt, die das Universum jetzt zeigt. David springt aufgeregt auf und nimmt vor Freude Julia in die Arme.

»Sehen Sie«, deutet Julia auf die Leinwand.

Das Gesicht wird immer deutlicher, zuerst die Augen, dann die Nase, die Wangen, schließlich der feine Mund. David steht fassungslos da, sein Blick wandert zwischen Julias Gesicht und dem Gemälde hin und her. Die Züge beider Frauen sind identisch, stellt er fest. Vor hundert Jahren hat Ivan Popov sein Meisterwerk geschaffen, dann war er am Morgen auf diesem Stuhl entschlafen.

Im Himmel beginnt der Mond seinen Abstieg und als er nicht mehr auf den Lack leuchtet, verschwinden die Signatur, das Leuchten des Mondsteins und das Gesicht wieder von der Leinwand. David und Julia verbringen noch eine Weile im Zimmer des schon so lange verstorbenen Künstlers, bevor sie schlafen gehen. Am Morgen sind das Gepäck und das Bild im Kofferraum verstaut und David versucht verzweifelt, Michael zu erreichen.

»Er schläft, nichts zu machen«, meldet er.

»Wir probieren es noch mal in London oder vom Flughafen aus.«

»Wenn es sein muss, rufe ich ihn vom Himmel aus an«, fügt David an, der seine gute Laune wieder hat.

Um Viertel nach neun treffen sie in der Galerie Clemens ein. Julia wirft einen kurzen Blick hinüber zum Café, dessen Fenster in der Sonne schimmert. Die Angestellten der Speditionsfirma schließen bald darauf den Deckel der Holzkiste, die das Bild Mondsteinlicht schützt.

Der Transporter von Delyhae Moving verlässt gegen Mittag die Gerrard Street 15, eskortiert von einem Polizeiauto.

Julia sitzt auf dem Beifahrersitz, David nimmt hinten neben dem Bild Platz, um sicher zu sein.

»Hier funktionieren die Handys nicht«, ruft der Fahrer David zu, der gerade versucht, zu telefonieren. »Die Wände sind feuerfest und gepanzert.«

»Kann ich an der nächsten Ampel kurz rausspringen? Ich muss unbedingt jemanden erreichen.«

»Das wird nicht möglich sein, Sir«, antwortet der Teamchef. Später hält der Konvoi auf dem Rollfeld neben der Boeing 737. David unterschreibt drei Übernahmebestätigungen. Diese Dokumente machen ihn von diesem Augenblick an bis zur Versteigerung zum gesetzlichen Treuhänder der Werke von Ivan Popov. Beide gehen zur fahrbaren Treppe, die zur vorderen Tür des Flugzeuges führt. In der Abflughalle sieht David Passagiere, die warten.

»Das ist noch besser, als mit Kleinkindern zu reisen«, sagt er.

»Wir rufen Michael an, wenn wir in Frankfurt sind«, meint Julia. David schüttelt den Kopf und deutet zum Himmel.

»Wir rufen ihn von da oben aus an!« Dann gehen beide die Treppe hinauf.

Kapitel 14

Zu Hause höre ich am Morgen Claras Schritte auf der Treppe zum Atelier. Ich ziehe den Bademantel an und gehe in die Küche, als gerade das Telefon klingelt. Sofort erkenne ich Davids Stimme.

»Wo steckst du denn bloß? Ich suche dich seit zwei Tagen«, gebe ich ihm zu verstehen.

»Ich bin zehntausend Meter über der Erde.«

»Schon auf dem Weg zu deiner einsamen Insel?«

»Noch nicht, Michael, aber ich erkläre es dir später. Ich habe für dich eine gute Nachricht, aber zunächst gebe ich dir Jemanden.« Er reicht Julia das Telefon. Vor Aufregung presse ich das Telefon fester ans Ohr, als ich ihre Stimme höre. Ich spüre meinen Puls im Hals und zittere am ganzen Körper.

»Michael, wir haben den Beweis! Aber das erzähle ich dir, wenn wir da sind. Die Maschine landet um sechzehn Uhr am Frankfurter Flughafen«, sagt sie mit solcher Sehnsucht in der Stimme, die ich noch nicht kenne.

»Ich hole euch ab«, sage ich, ohne eine Spur von Müdigkeit.

»Ich würde dich gerne sehen, aber der Sicherheitsdienst erwartet uns. Wir müssen die Bilder bis zum Tresor von Charlsis begleiten. Ich habe ein Zimmer im Best Western Hotel Scala reserviert. Komm ins Hotel, ich erwarte dich um 20 Uhr in der Halle.«

»Ich verspreche dir, dass wir spazieren gehen. Du wirst sehen, abends ist die Stadt einfach wundervoll«, verrate ich mein Vorhaben leidenschaftlich.

169

»Ich habe dich vermisst, Michael.« Julias Stimme klingt traurig, so dass ich einen Stich im Herz spüre. Dann gibt sie das Telefon an David zurück, der sich von mir verabschiedet.

Ich lege den Hörer auf die Gabel, und Clara, der kein Wort von dem Gespräch entgangen ist, legt den ihren im Atelier auf. Sie nimmt schnell ihr Handy, geht ans Fenster und wählt eine Nummer. Eine Viertelstunde später verlässt sie eilig das Haus.

David und Julia erreichen die Stadt dank der Polizeieskorte in wenigen Minuten. Sobald alle Bilder im Tresorraum verstaut sind, springt Julia in ein Taxi und fährt zum Hotel. David nimmt ein anderes, um seinen Koffer zu Hause abzustellen. Unterwegs ruft er den Kollegen an, dem er die Übersetzung von Popovs Tagebuch anvertraut hat. Ivan Nikolov hat Tag und Nacht daran gearbeitet und David bereits den ersten Teil des Textes gemailt. Der Rest besteht aus chemischen Formeln und Zahlen, für die er einen Fachübersetzer finden müsste. David bedankt sich ganz herzlich. Das Taxi hält vor der Wohnanlage. Er eilt durch die Halle und tritt ungeduldig im Aufzug von einem Fuß auf den anderen. In der Wohnung angekommen, schaltet er schnell den Computer ein und druckt das Dokument aus. Danach duscht er und zieht ein sauberes Hemd an. Nachdem er sein Auto aus der Tiefgarage holt, ruft er Michael von unterwegs an.

»Ich weiß, dass du zu Hause bist. Dein Anrufbeantworter geht mir auf die Nerven. Bin in zehn Minuten da. Ich rate dir, fertig zu sein!«, brüllt David, dann legt er auf.

Ich warte auf ihn draußen, er hält an und fährt sofort weiter, so, als wenn er sich auf einer Rennpiste befindet. Ich halte mich nur fest und höre zu, was er über seine Entdeckung letzter Nacht berichtet. Ivan Popov hat einen Lack verwendet, der nur durch den vertikalen Einfall eines ganz bestimmten Lichts durchdrungen werden konnte. Dadurch entstand diese Dimensionalität. Es wäre sicher schwierig, die genauen Bedingungen herzustellen, unter denen sich dieses Phänomen beobachten lässt, aber mit der heutigen Technik ist es möglich.

»Und das Gesicht? Ähnlich wie dem von Julia?«, frage ich aufgeregt. So eine Entwicklung nimmt alles. Und kommt jetzt in meinem Leben. Alles auf einmal. Unglaublich.

»Glaub es mir, es war so naturgetreu, dass es wesentlich eindrucksvoller war, als nur eine Ähnlichkeit!«, versichert mir David. Ich sehe, wie er als Freund beruhigend auf mich einspricht. Für ihn ist das Geschehen auch herausfordernd. Die Chemiker würden die Formel des Malers sicher entschlüsseln können. Selbst wenn es eine gewisse Zeit dauern würde, wäre das Bild eines Tages wieder in seinem Zustand zu bewundern.

»Glaubst du, er hätte es gewollt? Popov muss doch einen Grund gehabt haben, seine Signatur zu verstecken, David«, führe ich weiter.

»In der Tat hatte er einen«, versichert mir David. »Hier ist die Übersetzung seines Tagebuches, es wird dich interessieren.«

David greift nach den Blättern auf dem Rücksitz und reicht sie mir. Der Übersetzer Ivan Nikolov hat seiner Arbeit Fotos von den handgeschriebenen Originalseiten beigefügt. Ich nehme die Blätter in die Hand und spüre, wie aufgeregt ich bin. Jetzt werde ich es erfahren. Jetzt wird sich das Geheimnis lüften. Jetzt ist die Zeit, die Wahrheit zu erfahren. Ich atme tief und führe mit dem Finger Ivan Popovs Handschrift nach. Dann lese ich laut:

Julia,

nach dem Tod deiner Mutter war unser Leben nicht leicht. Ich trug dich auf meinen Schultern, wir durchquerten verschiedene Gebiete Bulgariens. Deine kleinen Hände, die sich in meinem Haar festklammerten, waren der Grund für mich, nie aufzugeben. Ich dachte, England wäre unsere Rettung, doch in London erwartete uns die Armut. Während ich auf der Straße war und malte, musste ich dich fremden Kinderfrauen anvertrauen, die mir dafür das ganze Geld abnahmen, was ich mit den wenigen verkauften Skizzen verdiente. Ich habe auch wirklich geglaubt, Sir Thomas wäre unser Retter. Verzeih mir bitte diese Naivität, die uns so früh getrennt hat. Er verwöhnte dich, wie seine eigene Tochter und gewann mein Vertrauen, das er sogleich missbrauchte. Du warst erst zwei Jahre alt, als er dich mir weggenommen hat. Ich habe den Geruch deiner Kindheit, jenes letzten Kusses, den ich dir auf die Stirn drückte, nie vergessen. Ich war krank und der Kutscher nutzte meine Schwäche aus, um mich in diese Kammer zu stecken, aus der ich dir jetzt schreibe. Seit sechs Jahren habe ich die Zelle nicht mehr verlassen. Eine lange Zeit, in der ich dich nicht

172

in meine Arme schließen konnte, nicht deine strahlenden Augen sehen konnte. Als Gegenleistung für die Gemälde, die ich ihm lieferte, kümmerte sich der Kutscher um dich, er ernährte und erzog dich.

Manchmal lachten wir zusammen, wenn er mir von deiner Entwicklung berichtete und er sagte, du seist viel aufgeweckter, als seine eigene Tochter. Er half mir, aus der kleinen Dachluke zu sehen, wenn du auf dem Hof spieltest. Ich hörte deine Stimme, und es war die einzige Möglichkeit für mich, dich heranwachsen zu sehen. Der Schatten, den du im Dachgeschoss siehst und der dir Angst macht, ist der Schatten deines richtigen Vaters. Wenn der Kutscher mich verlässt, beugt er sich unter der Bürde des Schweigens.

Julia, mein Kind, ich habe keine Kraft mehr. Der Kutscher, der mein Freund geworden ist, hat mir von einem Gespräch berichtet, das er mitgehört hat. Durch Spielschulden steckte Sir Thomas in große Schwierigkeiten. Seine Frau hat ihm auseinandergesetzt, dass meine Bilder nach meinem Tod erheblich an Wert gewinnen und ihn vor dem Ruin retten würden. Seit einigen Tagen fühle ich mich nicht wohl und ich befürchte, dass es zum Schlimmsten kommen wird.

Meine Kleine, wenn du nicht da wärst, wenn es dein Lächeln nicht gäbe, würde ich den Tod als Befreiung empfinden. Ich werde keinen Frieden finden, ohne dir auf meine Art eine Erinnerung hinterlassen zu haben. Dies ist mein letztes Bild, mein Meisterwerk. Ich male dich, mein Kind. Deine Züge gleichen denen deiner Mutter. Damit Sir Thomas dir das Bild nicht nehmen kann, verberge ich dein Gesicht, meine Signatur und das

Mondsteinlicht unter einem speziellen Lack, dessen Zusammensetzung nur ich kenne und die Tradition der Ikonografie Schule von Tryavna, Bulgarien, weitergibt.

Meine Kleine, der Kutscher hat mir geschworen, dir an deinem sechzehnten Geburtstag dieses Tagebuch zu übergeben, das ich ihm anvertraue. Er wird dich zu den Freunden bringen, die es für dich übersetzen werden. Du brauchst nur die Formel anwenden zu lassen, die ich auf den nächsten Seiten niederschreibe, um den Lack zu entfernen. Durch das Heft und das Originalbild kannst beweisen, dass das Bild dein Eigentum ist. Es ist mein einziges Erbe, mein Kind. Doch es kommt von einem Vater, der dich stets geliebt hat. Ich hätte dich gerne als erwachsene Frau gesehen. Wenn ich einen Wunsch frei hätte, hätte ich sagen können.

Tu es, Julia, hab keine Angst zu lieben. Ich liebe dich, wie ich deine Mutter geliebt habe und bis zu meinem letzten Atemzug lieben werde.

Dieses Bild gehört dir, meine Tochter Julia.

Ivan Popov, 18. Juni 1869

Ich rolle die Seiten zusammen. David schaut mich an und schweigt. Ich bin nicht im Stande etwas zu sagen.

Im Hotelzimmer blickt Julia in den Spiegel und verzieht das Gesicht. Auf dem Bett und auf dem Boden bis zum Sofa liegen einige Kleider verstreut. Ein weiterer Kleiderhaufen türmt sich vor dem großen Sessel am Fenster. In Frage kämen vielleicht die Jeans, aber nur, wenn das Hemd, das sie gerade

174

anprobiert, weit genug über die Hüfte reicht. Sie hängt das kleine Schild Bitte nicht stören an die Türklinke ihres Zimmers und geht zum Fahrstuhl. Die Türen des Aufzugs öffnen sich, Julia tritt auf die Uhr blickend in die Halle. Noch ein paar Minuten. Noch ein paar Augenblicke und er wird kommen. Julia hat Lust, einen Schluck zu trinken, während sie auf Michael wartet. Ein Glas Wein würde sie beruhigen. Sie geht in die Bar und nimmt an der Theke Platz.

Davids Auto fährt Richtung Stadtzentrum. Als wir das Hotel erreichen, in dem Julia abgestiegen ist, frage ich David.

»Hat sie es schon gelesen?«

»Nein, ich habe die Übersetzung gerade von meinem Kollegen bekommen, ehe ich dich abgeholt habe.«

»David, ich muss dich um etwas bitten.«

»Ich weiß, mein Freund, wir werden das Bild vom Verkauf zurückziehen«, liest er meine Gedanken. Ich lege die Hand auf die Schulter meines besten Freundes. Danach steige ich aus. David öffnet schnell das Autofenster und ruft: »Aber du kommst mich doch auf meiner einsamen Insel besuchen, nicht wahr?«

Ich winke ihm zu.

Als ich das Best Western Hotel Scala betrete, merke ich, wie mein Herz hämmert. Ungeduldig suche ich die Halle nach Julia ab, kann sie nirgendwo entdecken und gehe an die Rezeption. Der Empfangschef ruft in ihrem Zimmer an, doch niemand antwortet. Am Eingang zur Bar hat sich eine Menschentraube gebildet. Vielleicht wird gerade ein wichtiges Fußballspiel übertragen, denke ich. Dann höre ich draußen eine Sirene. Ein Krankenwagen kommt herangefahren. Ich muss unbedingt sehen, was los ist. Ein mulmiges Gefühl breitet sich in mir aus. Ich laufe auf die Bar zu und bahne mir einen Weg durch die Menge. Als ich Julia sehe, versteinere ich. Mein Atem reicht nicht aus. Ich zittere. Sie liegt regungslos vor der Theke, der Barmann fächelt ihr mit einer Serviette Luft zu.

»Ich weiß nicht, was sie hat!«, wiederholt er wie in Trance und in seiner Stimme schwingt Panik mit. Julia hat nur ein Glas Wein getrunken und ist wenige Minuten später zusammengebrochen, erzählt der erschrockene Mann. Ich knie neben ihr nieder und ergreife ihre Hand. Ihr langes Haar breitet sich zu beiden Seiten ihres Gesichts aus. Die Augen sind geschlossen, ihre Züge totenblass. Ein rotes Rinnsal tritt aus ihrem Mundwinkel. Der Wein, der sich aus dem zerbrochenen Glas ergoss, vermischt sich mit ihrem Blut und malt einen karminroten See auf den Marmorboden. Ich starre das Bild auf dem Boden an. Die Sanitäter erscheinen im Hoteleingang mit einer Trage. Eine Frau mit silbergrauem Haar, die hinter einer Säule hervortritt, lässt diese vorbei.

Ich steige mit in den wartenden Krankenwagen. Das Blaulicht des Wagens spiegelt sich in den Schaufenstern der Straße. Julia liegt bewusstlos neben mir. Ich starre auf ihr Gesicht.

»Der Blutdruck sinkt«, sagt einer der Sanitäter. Ich beuge mich über sie.

»Ich bitte dich, tu mir das nicht an«, flehe ich sie an und nehme sie in die Arme. David findet mich später im Flur des Klinikums.

»Mensch, Michael, du hättest sie sehen sollen, als wir gelandet sind. Wenn ich sie nicht zurückgehalten hätte, hätte sie selbst die Tür des Flugzeuges geöffnet, obwohl es noch gar nicht zum Stehen gekommen war! Na, endlich, du lächelst! Wir sollten uns öfters sehen, ich bin der Einzige, der dich zum Lachen bringt«, redet David ununterbrochen. Dahinter erahne ich seine tatsächliche Besorgnis. Der Arzt kommt erst zwei Stunden später zu uns. Für Professor Hans Richard, den David angerufen hat, ist der Fall rätselhaft. Die Analysen, die man ihm vorgelegt hat, widersprechen jeder Logik. Julias Körper hat plötzlich begonnen, Antikörper zu produzieren, die ihre eigenen Blutzellen angreifen. Die Geschwindigkeit, mit der die weißen Blutkörperchen die roten zerstören, ist gefährlich, meint der Arzt. Sie würden bei diesem Tempo ihre Blutgefäße in Kürze auflösen.

»Wie viel Zeit haben wir noch, um sie zu retten?«, stelle ich die wichtigste Frage. Dr. Richard zählt die kommenden Vorgänge des Krankheitsverlaufs auf. Die inneren Organe würden bald anfangen zu bluten. Spätestens Morgen würden auch die Venen und Arterien eine nach der anderen zu reißen beginnen.

»Es gibt doch eine Möglichkeit. Es muss eine geben. Wir leben im 21. Jahrhundert, verdammt nochmal, die Medizin ist nicht mehr machtlos!«, höre ich, wie sich David aufregt. Dr. Richard sieht ihn betrübt an.

»Wir sprechen uns in zwei oder drei Jahrhunderten wieder, Herr Votier, dann haben Sie sicher recht. Doch um diese junge Frau zu behandeln, müssen wir zuerst mal die Ursache ihrer Krankheit kennen. Das einzige, was ich im Augenblick tun kann, ist, ihr Transfusionen mit Gerinnungsmitteln zu geben, um das Schlimmste hinauszuzögern. Wohl kaum mehr als vierundzwanzig Stunden.«

Der Arzt spricht noch einmal sein Bedauern aus und entfernt sich. Ich muss ihn fragen. Ich muss ihn unbedingt fragen und eile ihm hinterher.

»Besteht die Möglichkeit, dass Julia vergiftet wurde?«, möchte ich wissen.

»Verdächtigen Sie jemanden?«, fragt Richard vorsichtig.

»Beantworten Sie bitte meine Frage«, beharre ich.

»Die erste Untersuchung auf Toxine ist negativ. Wenn Sie gute Gründe dafür haben, kann ich weitergehende Analysen anordnen. Wenn tatsächlich Gift mit im Spiel wäre, würde es Julias Leukozyten so verändern, dass diese die eigenen Erythrozyten als Fremdkörper betrachten würden. In diesem Fall würden die natürlichen Abwehrkräfte ihres Organismus den Prozess der Autodestruktion einleiten, dem wir beiwohnen«, schließt der Professor den Verlauf der Krankheit ab.

»Also, wir hätten dann mit einem eigens zusammengemischten Toxin zu tun. Um ein solches Gift herzustellen, müsste man die genaue

178

Blutzusammensetzung des Opfers kennen«, höre ich meine Stimme. Mein Verstand will nicht die Tatsache akzeptieren, dass es keine Möglichkeiten gibt, Julia zu retten.

»Kann man ihr Blut waschen oder austauschen?«, frage ich flehend. Professor Richard lächelt traurig.

»Dazu müssten wir über gewaltige Menge verfügen.«

Ich unterbreche ihn und schlage vor, mein Blut zu spenden. »Ich bin A–positiv«, füge ich hinzu.

»Sie ist Rhesus–negativ und hat eine andere Gruppe. Wenn sie Ihr Blut bekäme, könnte das auf der Stelle ihren Tod bedeuten.« Richard fügt hinzu, dass er wirklich zutiefst bedaure, dass meine Idee nicht zu verwirklichen sei. Er verspricht jedoch, das Labor zu bitten, die Suche nach einem eventuellen Toxin zu intensivieren.

»Das ist unsere einzige Hoffnung, denn für manche Gifte gibt es auch ein Gegengift«, sagt er als Letztes.

Die Zeit.

Sie ist jetzt gegen uns. Das verstehe ich.

Ich danke ihm und gehe zu David zurück. Ich bitte ihn, mir keine Fragen zu stellen und die ganze Zeit in Julias Zimmer zu bleiben. Ich muss dringend eine Sache erledigen und komme dann. Falls sich ihr Zustand erheblich verschlechtert, kann er mich anrufen.

Kapitel 15

Minuten später überquere ich die Brücke und überfahre jede rote Ampel. Falls mich die Polizei erwischt hätte, könnte ich ohne Führerschein bleiben. Jetzt muss ich einen klaren Kopf behalten. Für Julia und mich. Den Wagen lasse ich am Straßenrand stehen und renne zum Haus Nummer 57, wie um mein Leben. Eine alte Frau verlässt gerade das Haus und so gelange ich problemlos in die Eingangshalle und nehme den Aufzug. Am Ende des Flurs trommele ich gegen die Tür. Als Theresa öffnet, packe ich sie am Hals und schiebe sie ins Wohnzimmer. Sie stolpert über ein Tischbein. Dabei reißt sie mich beim Sturz mit zu Boden. Sie wehrt sich. Heftig. Ich habe sie im Griff und würge sie mit beiden Händen. Sie ringt nach Luft und ein roter Schleier legt sich über ihre Augen. Ich sehe, wie sie das Bewusstsein verliert. Dann bricht sie keuchend hervor, dass sie über ein Gegengift verfügt.

»Wo?«, brülle ich und halte sie noch immer am Boden fest.

»Ich habe keine Angst vor dem Tod. Wenn Sie Julia also retten wollen, müssen sie mich ausreden lassen.«

Ich sehe in ihrem Blick, dass sie es ernst meint, und lockere meinen Griff.

»Ich habe Sie nicht so früh erwartet«, sagt sie und erhebt sich mühsam vom Boden. Ihre Haare sind zerstreut. Die Gesichtszüge zeigen ihren Zorn.

»Warum haben Sie es getan?«, frage ich sie direkt.

»Weil ich es so wollte!«, sagt sie trotzig wie ein kleines Kind.

»Sie haben gelogen, Julia ist nicht die älteste Tochter von Sir Thomas.«

»Das stimmt. Doch es macht sie in meinen Augen noch schuldiger. Nach dem Tod ihres Vaters hat mein Mann sie offiziell adoptiert. Er liebte sie, wie ein eigenes Kind und als sie dieses Bild stahl, hat sie sein Vertrauen missbraucht.«

»Thomas hat Ivan Popov umgebracht!«, schreie ich außer mir. Ich vertrage ihre Arroganz nicht mehr. Ihre Intrigen und Lügen. Ihr ganzes Wesen.

»Nein, nicht er«, erwidert Theresa Miklusch selbstzufrieden.

»Mein Mann war ein Spieler. Steckte bis zum Hals in Schulden. Da musste jemand eingreifen und die Familie vor dem Ruin retten. Er hat nichts davon gewusst, die Initiative ging von mir aus!«, redet sie überzeugend.

»Julia hat es erfahren, sie hat Popovs Tagebuch gefunden und hat lediglich den letzten Willen ihres Vaters erfüllt. Und wir haben sie daran gehindert, das Bild zu verkaufen, das Sie gestohlen haben.«

»Das ist Ihre Wahrheit. Das ändert nichts daran, dass ich im Besitz des Gegengifts bin«, erinnert sie mich schamlos. Dann zieht sie aus der Jackentasche ihres Kostüms einen kleinen Flakon, der eine gelbliche Flüssigkeit enthält.

Ich höre sie wie von einer anderen Welt, wie sie erklärt, dass es den Ärzten unmöglich wäre, die Spur von dem Gift zu finden, was sie in Julias Glas geträufelt hätte. Triumphierend redet sie weiter.

»Der einzige Weg, sie zu retten, ist, meinen Instruktionen genau zu folgen. Die Hochzeit meiner Tochter wird morgen die ganze Elite von Frankfurt versammeln. Die Hochzeit jetzt abzusagen, kommt nicht in Frage. Der Skandal wäre für mich und Clara unerträglich. Julia und Sie hätten meinen Mann entehrt. Ich dulde nicht, dass Ähnliches mit meiner Tochter passiert. Hören Sie mich! Morgen Mittag heiraten Sie meine Tochter. Nach der Zeremonie besuche ich Julia und verabreiche ihr das Gegengift.«

»Und warum sollte ich Ihnen glauben?«, frage ich sie.

»Sie haben keine andere Wahl, Herr Wagner! Und jetzt verlassen Sie meine Wohnung. Wir sehen uns morgen in der Kirche!«

Ich gehe langsam raus. Mein Kopf ist leer. Die Füße tragen mich bis zum Auto. Es kann alles nicht wahr sein. Nicht jetzt. Nicht mit Julia. Wir haben uns spät gefunden. Wie blind war ich, mich mit Clara zu verloben. Ein perfektes Spiel haben beide eingefädelt. In der Zeit, wo ich meine Berufung nachging, haben sie alles geplant. Und jetzt? Ich fühle mich wie in einen Käfig gesperrt.

Den Weg zum Klinikum fahre ich unbewusst. Als ich in Julias Zimmer komme, sitzt David auf einem Stuhl neben ihrem Bett. Ein milchiges Licht strahlt auf ihr Gesicht. Eine Krankenschwester kommt herein, um eine weitere Blutprobe zu entnehmen. Sie unterbricht die Infusion und hält sechs kleine Glasröhrchen, die sich eine nach dem anderen mit dem immer heller werdenden Blut füllen. Als das sechste Glas voll ist, setzt sie die Transfusion erneut in Gang. Während sie ihm den Rücken zukehrt, nimmt David schnell eines der Röhrchen aus dem Behälter, liest das Etikett und lässt es in seiner Jackentasche verschwinden. Ich schaue ihn fragend an, er macht mir ein Zeichen zu schweigen. Was er vorhat, ahne ich noch nicht.

Nachdem Michael aus der Wohnung von Theresa gegangen ist, kommt Clara aus der Kammer, in der sie sich versteckte. Sie setzt sich in einen Sessel und starrt ihre Mutter an.

»Welchen Sinn hat das Ganze? Er wird sich doch gleich wieder scheiden lassen, Mutter«, erklingt ihre enttäuschte Stimme.

»Mein Kind, du muss noch viel lernen! Man lässt sich nicht scheiden. Während Julia im Sterben liegt, bricht er den Eid, der die beiden aneinander bindet. Und diesmal werden sie für immer getrennt.« Clara erkennt ihre Mutter kaum. Sie spricht so überzeugend, dass alles sein wird, wie sie es möchte. Zweifel und Enttäuschung wirbeln in Claras Herz. Sie sitzt da wie eine Puppe, die von einem Spieler in Ruhe gelassen wird. Zumindest fühlt sie sich wie eine Puppe. Der Dirigent des Spiels, ihre Mutter, schraubt das Fläschchen mit dem vermeintlichen Gegengift auf und lässt den Inhalt in ihre hohle Hand tröpfeln. Dann reibt sie sich damit den Nacken ein.

»Es ist mein Parfüm!«, vergnügt sie sich. »Ich habe ihn angelogen!«

Clara steht auf, nimmt ihre Tasche und geht in den Flur. Sie dreht sich noch einmal um, sieht ihre Mutter nachdenklich an und lässt die Tür hinter sich zugehen. Mich hast du auch angelogen, denkt sie traurig und verlässt das graue Haus.

Als ich ins Julias Zimmer trete, lässt uns David allein. Ich setze mich auf die Bettkante und hauche Julia einen Kuss auf die Stirn. Sie sieht so klein und hilflos aus.

»Ich bin da, ich bleibe hier, bei dir«, flüstere ich ihr zu.

Sie öffnet ihre Augen und ein kleines Lächeln taucht auf ihrem Gesicht, wie ein lang erwarteter Sonnenschein, auf.

»Meine Kräfte verlassen mich, weißt du?«, flüstert sie und legt die Finger um meine Hand. Mit schwacher Stimme spricht sie weiter: »Jetzt haben wir nicht mal diesen Spaziergang an deiner Promenade gemacht.«

»Wir werden ihn machen, ich verspreche es dir.« Meine zittrige Stimme verrät das Gefühlschaos in mir. Mein Verstand weiß, dass ich sie verliere. Mein Herz möchte es nicht glauben. Ich umarme sie und bleibe so, bis sie anfängt zu reden. Ich schaue in ihre Augen, auf der Suche nach unserer Nähe.

»Ich muss dir das Ende unserer Geschichte erzählen, mein Liebster. Ich habe es letzte Nacht geträumt.«

»Julia, ich flehe dich an, schone deine Kräfte.«

»Weißt du, was wir getan haben, als Thomas vom Landhaus geflohen ist? Wir haben uns geliebt. Wir haben nicht aufgehört, uns zu lieben.«

Ich sehe, wie sich ihre Augen schließen und aus ihrem Gesicht lese ich den Schmerz. Mein Herz schlägt so schnell, dass ich kaum Luft bekomme. Atme, Michael, sage ich mir, atme. Sie braucht mich jetzt. Ich muss bei ihr sein, ihre zuhören, sie küssen und lieben.

»Durch Adoption machte mich Thomas zu seiner Erbin. Wir mussten viel arbeiten, um die Schulden zu bezahlen und den Landsitz zu behalten. Wir haben uns dort geliebt, Michael, bis zum letzten Tag. Als du gestorben bist, habe ich dich unter dem großen Baum begraben. Das war unser Baum. Ich versteckte das Bild, setzte mich unter den Baum und wartete, dass mich der Tod holt. Nach mehreren Stunden kam es. In dieser Nacht, ohne dich, war es sehr kalt. Ich habe mir versprochen, dich nach meinem Tod wieder zu finden und zu lieben. Wie du siehst, habe ich mein Wort gehalten, du auch.«

Ich lege den Kopf auf ihre Schulter.

»Sag nicht mehr, ich bitte dich. Ruhe dich aus, meine Liebste.«

»Michael, hör mir zu, mir bleibt nicht mehr viel Zeit. Die letzten Wochen waren die schönsten in meinem ganzen Leben. Du hast mir deine Liebe geschenkt. Du hast mich glücklich gemacht. Ich möchte, dass du lebst. Das musst du mir versprechen. Vielleicht begegnen wir uns eines Tages noch einmal.« Ich fühle, wie sich meine Augen mit Tränen füllen. Ich lasse sie frei fließen. Julia hebt ihre Hand und streichelt über meine Wangen.

»Drück mich noch fester an dich. Mir ist so kalt.«

Das waren ihre letzten Worte. Ihre Züge entspannten sich langsam, ihre Lider schlossen sich. Ihr Herz schlägt nur noch sehr schwach. Die ganze Nacht wache ich bei ihr. Ich nehme sie in die Arme und wiege sie sanft, sehe ihr Gesicht, küsse sie leicht und schaue, ob sie atmet. Der Morgen graut und mit schmerzendem Herz sehe ich, wie sich Julias Zustand verschlimmert. Ich drücke ihr einen langen Kuss auf die Lippen und stehe auf. Bevor ich das Zimmer verlasse, murmele ich: »Ich lasse dich nicht gehen, Julia. Ich bin gleich bei dir.«

Als sich die Tür hinter mir schließt, fließt das Blut aus Julias Nase und färbt ihr Gesicht. Ihr friedlicher Ausdruck ist von ihrem langen Haar umrahmt. Das Tageslicht legt die letzte Hand auf Julia.

Vor der Tür, am Ende des Flurs taucht David auf, nimmt mich beim Arm und zieht mich zu dem Getränkeautomaten, der neben uns ist. Er steckt eine Münze in den Schlitz und drückt auf die Taste Kaffee.

»Das brauchen wir jetzt beide«, sagt er und reicht mir einen Becher.

»Ich bin in einem Albtraum, David. Bin ich verrückt?«

»Mir geht es genauso«, seufzt er. »Ich habe mit einem Freund von der Kripo telefoniert und habe ihm die Probe von Julias Blut geschickt, die ich entwendet habe. Hast du ja gesehen. Er wird die besten Techniker darauf ansetzen. Ich schwöre dir, wir machen dieses Miststück kalt!«. Davids Stimme klingt so entschlossen, dass ich mich einen Moment erschrecke. So habe ich meinen Freund noch nicht erlebt.

»Was genau hast du deinem Kripo–Freund erzählt?«, frage ich.

»Alles. Die ganze Geschichte. Ich habe ihm sogar versprochen, ihm unsere Aufzeichnungen und eine Kopie von Popovs Tagebuch zukommen zu lassen.«

»Und er wollte dich nicht gleich ins Irrenhaus stecken?«

»Keine Sorge. Er ist Profi für bizarre Fälle«, beruhigt mich David. Ich zucke mit den Schultern und gehe auf den Ausgang zu.

»Ich bin an deiner Seite, vergiss es nicht. Und wenn wir Julia gerettet haben, bin ich dein Trauzeuge.«

Alle Bänke der St. Katherinenkirche sind voll besetzt. Die Elite von Frankfurt scheint sich zu beiden Seiten des Mittelgangs ein Stelldichein gegeben zu haben. Während der Zeremonie blockieren zwei Polizeiwagen den Zugang zur Straße. David steht mit finsterer Miene zu meiner Rechten. Mein Blick ist wie im Tunnel. Weit von mir ertönt die Orgel. Alle Gäste drehen sich um. Am Arm ihrer Mutter durchschreitet Clara das Kirchenschiff und die lange Schleppe ihres Kleides schleift über den Boden. Die Hochzeitszeremonie beginnt um Punkt zwölf Uhr.

Professor Richard tritt an Julias Bett und legt ihr die Hand auf die Stirn. Das Fieber ist noch weiter gestiegen. Er nimmt ein Papiertaschentuch vom

187

Nachtisch, tupft das Blut weg, das aus einem Nasenloch rinnt und stellt die Transfusion neu ein. Mit hängenden Schultern verlässt er das Krankenzimmer und schließt die Tür hinter sich. Julia öffnet die Augen, stöhnt leicht und schließt sie wieder.

Die Zeremonie dauert schon eine halbe Stunde. Der Priester beugt sich zu Clara vor und schenkt ihr ein gütiges Lächeln. Sie sieht ihn nicht an. Ihre Augen sind voller Tränen, als sie das Gesicht ihrer Mutter fixiert.

»Verzeih mir«, murmelt sie, richtet den Blick auf mich und nimmt meine Hand. Ich halte den Atem an. Was hat sie bloß vor? Wieder ein Spielchen? Ich habe keine Lust auf weitere Spielchen, Fräulein, denke ich, und ziehe meine Hand zurück.

»Du kannst nichts mehr für sie tun, Michael, aber etwas für euch beide!«

»Was sagst du da?« Ich sehe sie an und verstehe nicht, was sie vorhat.

»Du hast mich sehr gut verstanden. Du musst fort von hier, bevor es zu spät ist. Du kannst sie nicht mehr retten, doch du kannst sie wieder finden. Also geh, schnell!«, schreit sie jetzt.

Die St. Katharinenkirche ertönt von Theresa Mikluschs Wutgeschrei, als wir mit David durch den Mittelgang laufen. Der Priester ist ratlos. Die Hochzeitsgesellschaft erhebt sich, als wir durch die große Tür rennen. Ich sehe, wie David direkt auf einen der Polizeiwagen zusteuert und zu einem der

Polizisten sagt: »Ich arbeite inkognito für Kommissar Markus Ritter von der Kripo Hamburg. Sie können es unterwegs überprüfen. Es geht hier um Leben und Tod. Bringen sie uns bitte so schnell wie möglich zum Städtische Klinikum.«

Wir schweigen während der Fahrt. Die Sirene macht den Weg für uns frei. Ich lehne den Kopf an die Fensterscheibe. Alles draußen schwimmt in Nebel. Als David meine Tränen bemerkt, legt er den Arm um mich und zieht mich an sich.

Vor Julias Zimmer angekommen, sehe ich David in die Augen. »Kannst du mir etwas versprechen, David?«

»Alles, was du willst, mein Freund.«

»Egal, wie viel Zeit du brauchst, du musst Ivan Popov zu seinem Recht verhelfen. Schwöre mir, dass du bis ans Ende gehst, was immer auch passiert. Julia hätte es so gewollt.«

»Ich schwöre es dir, wir machen es zusammen, ich lasse dich nicht allein.«

»Du musst es allein tun, David.« Ich öffne behutsam die Tür zum Krankenzimmer und sehe, wie Julia schwach atmet.

»Gehst du weg?«, fragt er.

»In gewisser Weise, ja.«

»Und wohin?«, möchte er wissen. Ich schließe ihn in die Arme.

»Auch ich habe ein Versprechen gegeben, weißt du? Ich werde Julia an der Promenade spazieren führen … das nächste Mal.«

Dann trete ich ins Zimmer und schließe die Tür hinter mir. David hört das Geräusch, als sich der

Schlüssel im Schloss dreht und fragt besorgt: »Was machst du da, Michael?«

Erfolglos trommelt er gegen die Tür.

Ich setze mich neben Julia aufs Bett, ziehe mein dunkelblaues Jackett aus und krempele die Ärmel des weißen Hemdes hoch. Danach ziehe ich die Nadel aus der Flasche der Transfusion und stoße sie in den eigenen Arm, sodass unsere beider Körper verbunden sind. Als ich mich neben sie lege, beginnt bereits langsam, Julias Blut in meine Venen zu fließen. Wie bei einem Kind streichele ich ihre bleiche Wange und hauche ihr ins Ohr: »Ich liebe dich und ich werde nie aufhören, dich zu lieben. Ich liebe dich so, weil ich keine andere Art zu lieben kenne. Ich bin da, bei dir.«

Als ich meine Lippen auf Julias Mund drücke, beginnt zum letzten Mal in meinem Leben, sich alles um mich herum zu drehen.

Der Herbst in diesem Jahr ist mild und die bunten Farben herrschen allerorts vor. David schlendert allein über den Markt, als sein Telefon klingelt.

Es meldet sich Ritters Stimme. »Wir haben sie festgenagelt. Ich hatte dir den besten Experten des Landes versprochen und habe mein Wort gehalten. Sie haben das Gift identifiziert. Ich habe die Zeugenaussage des Barmanns, der Frau Miklusch eindeutig wiedererkannte. Und das Beste kommt zum Schluss. Ihre Tochter wird aussagen. Die Alte kommt nicht mehr aus dem Knast raus, glaub es mir. Wann besuchst du uns? Elena würde sich freuen, dich wieder zu sehen«, fügt er hinzu: »Vor Weihnachten, versprochen.«

»Was hast du mit den Bildern vor, David?«, möchte er wissen.

»Auch ich werde mein Versprechen halten, Markus.«

»Ich muss dir noch etwas sagen. Wie du mich gebeten hast, habe ich die DNA–Analyse aus deinen Unterlagen mit dem Blut der vergifteten jungen Frau verglichen.«

»Und?«, hält David den Atem an.

»Die Laborergebnisse sind eindeutig. Das Blut auf dem Bild ist das ihres Vaters. Wie du siehst, kann mit den Daten, die du mir gegeben hast, irgendetwas nicht stimmen!«

»Alles stimmt, Markus, alles kommt, wie es kommen soll«, sagt er und seine Augen füllen sich mit Tränen.

Danach blickt er zum Himmel hinauf. Sie sind wieder zusammen. Oben, im Himmel.

David steckt die Hände in die Hosentasche und geht lächelnd weiter.

– Ende –

Dank

An Emilia Serafimova, Valentin Patsov, Neda Stanimirova, Dorothee Herrmanie, Melanie B. Frank, Helmut Wetter, Fred Becher, Birgit Bolle, Lars und Johanna Bergen, Lucia, Sabine Asgodom, Gudrun Wille, Karin Schmidt, Constanze, Johanna Poch, Dorothee und Niki.

Über die Autorin

Ich bin im April 1958 in einer Unternehmerfamilie in Bulgarien geboren.

Nach dem Studium der bulgarischen Philologie und des Lehramts, einer Ausbildung als Radiokorrespondentin sowie Lehrtätigkeiten in verschiedenen Schulen des In- und Auslands bin ich seit 2000 als psychologische Beraterin, Coach, Trainerin und Autorin in Karlsruhe tätig.

Besuchen Sie meine Seite:
www.autorinschreibt.blogspot.de

Weitere Bücher der Autorin

Der kleine Dino Doni und seine Freunde
(deutsch-bulgarisch)

ISBN: 978-3-7460-5751-4

Danka Todorova

Spiel für mich weiter

Roman

ISBN: 978-3-7412-2229-0